Hilfe, ein Psycho kommt

Bibliografische Information der Deutschen Nationalbibliothek: Die Deutsche Nationalbibliothek verzeichnet diese Publikation in der Deutschen Nationalbibliografie; detaillierte bibliografische Daten sind im Internet über dnb.dnb.de abrufbar.

© 2019 Martina S. Lista
Herstellung und Verlag: BoD – Books on Demand, Norderstedt

ISBN: 978-3-74943-319-3

Die schöne Klinik für Psychosomatik am Rhein wurde im Jahr 2016 unter großem Protest der Anwohner erbaut. Früher, was noch grösseren Protest der Bürger von Efringen-Kirchen hervorrief, war dort ein FKK-Paradies.

Martina S. Lista wurde 1967 in Weil am Rhein geboren. Nach dem Abitur studierte sie Betriebswirtschaft an der Dualen Hochschule. Während Ihrer Karriere als Betriebswirtin veröffentlichte sie ihr erstes Buch „Hilfe, der Chef kommt", welches gnadenlos mit ihren Ex-Chefs abrechnet.
Im Jahr 2019 erhielt sie den Bachelor of Science in Psychologie.

Martina S. Lista

Hilfe, ein Psycho kommt
…auf dem Fahrrad

Natürich sind alle Figuren und Institutionen frei erfunden. Ähnlichkeiten mit lebenden Personen oder Persönchen und existierenden Geldwaschanlagen sind rein zufällig und nicht gewollt.

Abbildung 2. Die Rheinklinik

Haupt-Personen

Bellini, Dr., Alain
Französischer Psychiater mit Musikfaible
Brayner, Christian
Dummschwätzer, Ex von Marie
Dahlburger, Dr. Rudolf-Werner
Ex-Chefpsychiater von Team 1
Dick, Janet, Dipl.-Biologin
Zuständig für die Medikamentenausgabe und unendlich eingebildet auf ihre (vergangene) Schönheit
Ficker, Cécile, Dipl. Psychologin
Übergewichtig, würde gerne ihrem Namen gerecht werden, aber keiner will
Kupferschmied, Franziska, Sekretärin
O., Andreas, Patient
Schmitz, Astrid, Coach
Sirtaki, Johanna, M.sc
Psychologin
Stiebitz, Prof. Dr.
Klinikleiter
Renn, Guido
Sporttherapeut in Lauerstellung
Schuhmacher, Andrea
Kleine Schwester von Marie Schuhmacher, derzeit wohnhaft in der JVA
Schuhmacher, Marie, M.sc.
Leitende Psychologin der Rhein-Klinik, Kunsttherapeutin und Ich-Erzählerin
Toll, Catherine, M.sc.
Psychologin und Freundin von Marie

Abbildungsverzeichnis

1.   Führe mich nicht in Versuchung,
den Weg dorthin finde ich schon selbst.
(Rita Mae Brown)

Im Sommer 2016 fand ich ein Fahrrad. Ich war schon lange nicht mehr Fahrrad gefahren, und fand, es sei eine gute Idee, es mal wieder zu tun. Das Fahrrad war weder schön, noch fiel es mir auf. Gleichzeitig laberte es mich voll, und dann dachte ich: Probier es aus. Was kann schon passieren.

Es war wider Erwarten gut. Es war sehr gut. Ich stellte fest, dass ich nur noch Fahrradfahren wollte, gleichzeitig stellte ich fest, dass dieses Fahrrad einige Schwachstellen hatte. Es bedurfte ewiger Pflege. Es bockte, wenn ich mich nicht täglich 24 Stunden um es kümmerte. Es versuchte, mich zu vereinnahmen. Und das Schlimmste war: Es hatte kein Licht. Die Glühbirne war irgendwie kaputt und liess sich nicht anwerfen. Das Fahrrad war 32 Jahre alt. Es hiess Christian Brayner. Leider hatte es weder Geld noch Hubschrauber. Welchen Schaden es hatte, und welche Mrs. Robinson es zuerst fuhr...wir wissen es nicht, wir wollen es nicht wissen. Ich musste das Fahrrad leider entsorgen. So leid es mir tat, denn es fuhr sich wunderbar. Solange man auf seine Bedürfnisse achtgab. Und es ununterbrochen pflegte. Und noch Schlimmer: es hielt mich von meiner Arbeit ab.

Ich bin die Chefpsychologin in der Rheinklinik.

2.   *Saisonende 2016*

Die Füsse im heissen Sand sitze ich mit wehendem Haar auf meinem Handtuch und schaue auf das glitzernde Wasser von Väterchen Rhein. Die Sonne steht schon schräg, wir haben den 1. September, und der Sommer neigt sich definitiv dem Ende zu, die Stimmung ist wunderbar. Ich befinde mich an den Isteiner Schwellen bei Efringen-Kirchen ganz im Südwesten von Deutschland im sogenannten Dreiländereck und habe meinen freien Nachmittag.

Die Isteiner Schwellen sind Stromschnellen im Oberrhein am Rheinkilometer 177 bei der südbadischen Ortschaft Istein, die zur Gemeinde Efringen-Kirchen gehören. Sie liegen parallel zu dem 1928 gebauten Rheinseitenkanal und wurden bis zu diesem Zeitpunkt als Wasserstrasse für die Schifffahrt von Basel Richtung Norden genutzt. Die Isteiner Schwellen als Stück Altrhein gelten mit ihren kleinen Sand- und Steinsträndern als beliebtes Naherholungsgebiet, welches gut auf dem sich parallel zum Rhein erstreckenden Leinpfad zu erreichen ist; auch befindet sich dort einer der beliebtesten Nacktbadestrände im Dreiländereck (diesen Absatz habe ich jetzt aus Wikipedia plagiiert). 2016 wurde mitten im Naturschutzgebiet eine große trinationale Klinik für Psychosomatik gebaut. Dort arbeite ich. Ein paar Kilometer weiter flussabwärts kann man immer noch unberührte Natur und mehr oder weniger berührte Menschen antreffen.

Leider ist mein Ex-Fahrrad schon am Strand und palavert wieder lauthals herum, wie toll es sei, und was die Frauen so alles verpassen, wenn sie sich nicht mit ihm abgeben. Es ist so ein schöner Tag, aber ich ziehe ernsthaft in Erwägung, wieder abzuhauen, um an meiner Doktorarbeit weiter zu arbeiten. Das hier hält kein Mensch aus. Ich gehe noch eine Runde schwimmen und dann ab nach Hause…

Während ich meine Sachen in meinen Rucksack stopfe, verstummt Christian plötzlich. Ist eine neue Frau aufgetaucht? Nein, aber ein Mann. Ein großer, braungebrannter Mann, ungefähr eine Mischung aus George Clooney und Alain Delon in jungen Jahren entsteigt dem Wasser. Er schaut mich an, grüßt auf französisch und setzt sich auf ein Handtuch, welches ungefähr einen Meter von mir entfernt ist. Er nennt mich Brigitte Bardot und wir unterhalten uns zwei Stunden auf französisch. Das heißt, er spricht, und ich aktiviere meinen aktiven und passiven Wortschatz aus dem Langzeitspeicher meines Gehirns. Französisch ist schon verdammt lang her, da habe ich fast alles vergessen, vor allem auch wegen dem ganzen Englisch im Psychologie-Studium. Es erstaunt mich dann doch sehr, dass ich am Ende des Tages wieder französisch spreche.

Der Typ heisst Alain, was er beruflich macht, erzählt er nicht. Jedenfalls ist der Nachmittag doch noch schön geworden, und als Alain gehen muss, frage ich ihn, ob es ihm was ausmachen würde, wenn ich auch gerade ginge. Wir ziehen uns an, und wollen losgehen, als plötzlich Christian wutenbrannt vor mir steht.

„Du blöde Schlampe, wenn Du noch einmal Mist über mich erzählst. Und jetzt wieder mit anderen Typen rumfi**** gehen! Das zahle ich Dir heim."

Möglichst nicht auf Aggressionen mit Gegenaggressionen reagieren. Alain zieht mich am Arm, und wir gehen davon. Am Parkplatz verabschiedet er sich von mir mit zwei Küsschen, wie das die Franzosen so tun, und er wünscht mir, dass ich gut über den Winter komme.

17

3. Das Leben besteht aus zwei Teilen: die Vergangenheit-ein Traum, die Zukunft – ein Wunsch (aus Arabien)

Johanna ist ebenfalls Psychologin. Sie war stets chic gekleidet, bevorzugt Gucci und fuhr einen Mercedes SLK in Blau. Sie war 35 Jahre alt, eigentlich schon viel zu alt für eine Psychologin, und als ich in der Klinik anfing zu arbeiten, war sie meine Mentorin und die damalige Chefpsychologin. Interessanterweise war die Patientin von Johanna eine Hochschulprofessorin, die ihren Ehemann mit einem Studenten betrogen hatte, der Mann das rausbekam, er sich nun von ihr scheiden lassen will. Ich fand das damals total spannend, weil ich ebenfalls schon ein paar blöde Beziehungen hinter mir hatte. Abgesehen davon, fand auch ich die Patientin interessant, allerdings half ein Blick in den Vertrag (wenig Geld, wenig Essen, Bananen mitnehmen wurde dann auch untersagt, §203 Strafgesetzbuch, kein Kontakt zu Patienten, Ex-Patienten, Ex-Praktikanten, Ex-Bürofliegen), um dieses Unterfangen schnellstens zu vergessen. Und Frauen waren noch nie so mein Fall. Kann ja noch kommen.

Als ich eines Abends mit Johanna in den Fahrradkeller (Rauchtherapie für die Therapeuten) latschte, um nach der Sitzung mit Frau Professor "ich will Simon oder aber auch nicht" eine zu rauchen, fragte ich sie beiläufig:

"Du, Johanna, ich weiss ja, daß ich ab und an zu kindischem Verhalten neige, aber was ist erwachsenes Verhalten? Wann ist eine Beziehung wirklich verarbeitet?"

Johanna überlegte kurz und meinte dann:

"Eine Beziehung ist dann bearbeitet, wenn Du sagen kannst…ah… da ist ja… (Johanna blickte sich um, zog an ihrer Zigarette, richtete stilvoll ihre Bluse), ja, da ist ja das Fahrrad. Hallo Fahrrad. Schön, dass Du da bist…wäre mir aber auch Fäkalien-Kanal-Egal, wenn Du nicht da wärst."

Wir rauchten und lachten. Gleichzeitig wurde die Analogie Fahrradfahren geboren! Fängt ja auch mit "F" an. Johanna hat wenig später gekündigt, weil sie eine tolle Stelle in einer Klinik in Bad Säckingen angenommen hat. Ich bekam ihren Posten, ein winziges bisschen mehr Geld, aber keine Bananen.

4. Eine anständige Frau ist eine Dame, die weiss, was sie nicht wissen darf, obwohl sie es weiss (Jean-Paul Belmondo)

Ich bin Marie Schuhmacher. Ich werde nächstes Jahr 30 Jahre alt und bin dementsprechend frustriert. Weil ich keine Rennfahrerin bin. Und nur in meinem alten, schwarzen SLK herumfahre. Den ich mir selbst erstunken und erlogen habe. Denn das ist meine Kunst: Lügen wie gedruckt. Hatte mir mein Vater schon immer gesagt. Wie dem auch sei, ich bin 1,80 Meter groß und habe lange blonde Haare. Ich bin Single, weil ich immer an die falschen Fahrräder gerate. Ich habe entgegen dem Wunsch meiner Eltern in Freiburg Psychologie studiert. Obwohl meine Eltern relativ viel Geld hatten, musste ich nebenher als Kellnerin jobben. War anstrengend, aber auch eine lehrreiche Zeit. Ich hatte viel Trinkgeld ergaunert, und somit konnte ich mir mein Auto und meine Designertaschen finanzieren. Einmal hatte ich auch einen großzügigen Lover, der spendete auch noch etwas. Und das Erbe meiner Eltern kam noch hinzu. Ganz arm bin ich nicht. Sagen wir mal halb fremdfinanziert. Der letzte Abschaum also. In der Art und Weise hatte sich die Made ausgedrückt. Lesen Sie jetzt nicht weiter, oder googeln Sie mal nach, was die Forensik über Maden schreibt.

Die Made ist meine jüngere Schwester. Ich schweife ab. Entschuldigung. Ich wohne in Lörrach-Brombach in Süddeutschland mit fragwürdigen Nachbarn, und ich bin in Weil am Rhein geboren.

Achja. Ob ich hübsch bin fragen Sie sich? Das müssen Sie selbst entscheiden. Schönheit liegt im Auge des Betrachters. Jedensfalls habe ich eine Nase wie Kleopatra oder die Sphinx (Hakennase), oder eben die einer Hexe. Grüne Augen dazu, lange Fingernägel. Hexe halt. Egal. Körbchengrösse B. Das ist ganz besonders wichtig für Maden, denen man den Milchhahn vorzeitig abgedreht hat. Also, potthässlich.

Andere nannten mich auch Brigitte…

5. Familienidylle, oder: Psychologen sind nur deshalb Psychologen, weil sie selbst einen an der Klatsche haben...

Meine Eltern sind 2015 bei einem Autounfall am Dreispitz in Binzen ums Leben gekommen. Ich hatte meines Erachtens ein normales Verhältnis zu meinen Eltern. Ich musste antraben, um Blumen zu giessen, wenn sie in Ferien gingen, ich musste an Weihnachten zum Essen antraben, ich musste vieles, was ich nicht wollte. Meine Eltern wohnten in Weil am Rhein. Richtig viel Spass hatte ich dabei nie. Die Made lebte derzeit in Bremen bei ihrem damaligen Lover und kümmerte sich um nichts. Ich hatte allerdings oft den Eindruck, dass sie Geld von meiner Mutter abstaubte. So waren die charakteristischen Aussagen meiner Mutter am Telefon oft:

„Du, ich rufe Dich zurück, die Marie ist gerade da."

Ich kümmerte mich nicht besonders darum, hatte ich doch genug zu tun mit meinem Studium und meinen falschen Fahrrädern. Allerdings wurde 2011 alles anders:

Die Made hatte mal wieder einen neuen Lover und beschloss, wieder nach Lörrach zu ziehen. Ab diesem Zeitpunkt wurde alles anders. Die Made tat alles, damit ich mich mit meinen Eltern nicht mehr verstand. Irgendwann habe ich dann den Hausschlüssel abgegeben und bin nur noch sporadisch zu ziemlich unterkühlten Treffen gekommen. Vielleicht habe ich noch ab und an eine Geburtstagskarte geschrieben, ansonsten machte ich einen grossen Bogen um die Egringer Strasse in Weil am Rhein. Die Made sprach auch nicht mehr mit mir. Ich hatte ihren Lover als Erbschleicher bezeichnet, ohne zu sehen, wer der wahre Schleicher war. Nicht dass meine Eltern super reich gewesen wären. Sie wohnten in einem Reihenendhaus mit schönem Garten und fuhren einen popeligen Opel. Mein Vater war Schuhmachermeister und meine Mutter Damenschneiderin-Meisterin. Im Nachhinein kann ich nicht so genau sagen, was passiert war. Ich fühlte mich schlecht, weil ich durch eine Prüfung gerasselt war, und ich hatte das unbestimmte Gefühl, dass etwas schieflief. Das kannte ich schon von einem Problem aus früheren Jahren: Ich spürte, dass ich etwas TUN musste, gleichzeitig wusste ich nicht, was.

Am 11. Mai 2015 war wunderschönes Wetter. Ich hatte mich mit einem attraktiven Franzosen in der Sauna in Weil vergnügt, und freute mich, dass es mir mal etwas besser ging. Achja, das „Schlechtgehen" sollte ich vielleicht noch präzisieren: Ich denke, dass ich magersüchtig war. Ich wog in den Jahren 2011-2016 ungefähr 52 Kilo bei einer Körpergrösse von 1,82 Metern. Nicht, dass ich das Essen ausgek**zt hätte. Ich konnte einfach nichts essen. Mir war immer schlecht, gleichzeitig wurde Sport getrieben bis zum Umfallen. Vier oder fünf Kilometer Schwimmen waren keine Seltenheit, dazu noch Joggen bis zum Umfallen. Ich habe jetzt keine Lust, die Symptomatik nach ICD-10 abzuklopfen, denke aber, dass das so hinkommt. Magersucht plus Major Depression. Therapien habe ich auch probiert, bin aber bei meinem letzten Therapeuten ausgestiegen, als er mich fragte, ob mein Grossvater bei den Nazis war. Ich wusste damals nicht, was das mit meinem Problem zu tun haben sollte. Später sollte ich dann erfahren, dass diese Frage darauf abzielte, was früher eigentlich alles vertuscht wurde.

Am 11. Mai 2015 war, wie gesagt, wunderschönes Wetter. Als ich nach Hause kam, klingelte das Telefon. Es war die Made.

„Die Eltern sind tot, tu auch mal was", schrie sie mich an. Und dann ging es richtig los: Die Made legte ein Testament vor, in dem ich enterbt bzw. nur auf den Pflichtteil gesetzt worden bin. Ich wusste, dass das nicht stimmen konnte. Ich habe das alte Testament meiner Eltern mal gesehen. Leider ist die Kinderschrift meiner Mutter leicht zu fälschen. Für die Schule waren Entschuldigungen glaubhafter, wenn ich sie selbst geschrieben hatte. Ich schaltete einen Anwalt ein, doch anfangs sah es so aus, als ob man nichts machen könnte. Mir ging es noch schlechter. Ich schwamm in den Semesterferien im Sommer 2015 im Schwimmbad und dachte auf jeder meiner zig Bahnen nur noch „Testament, Testament, Testament". Gleichzeitig erfuhr ich, wieviel Geld da überhaupt war: Das Haus im Wert von 400.000 Euro, dazu noch Bankguthaben in Höhe von 500.000 Euro. Ich habe bis jetzt noch keine Ahnung, woher das Geld kam. So viel kann man doch nicht an einer Tankstelle verdienen, an der mein Vater am Schluss gearbeitet hatte.

Ich gab mich zähneknirschend mit dem Pflichtteil zufrieden, was ja auch nicht gerade wenig war, und studierte weiter. Bis zum 21. Januar 2016, als die Polizei anrief:

„Polizeirevier Weil am Rhein. Sind Sie die Schwester von Andrea Schuhmacher?

„Ja, was ist...?"

„Ihre Schwester hat gestern den Notruf gewählt. Sie war im Haus Ihrer verstorbenen Eltern, hatte eine Riesenplatzwunde am Kopf. Im Haus fanden wir auch eine Flasche Wodka, gleichzeitig hatte Ihre Schwester 0,0 Promille. Können Sie etwas dazu sagen?"

„Ich habe keine Ahnung".

„Ihre Schwester ist jetzt im Krankenhaus in Lörrach, auf der Intensivstation. Sie ist ausser Lebensgefahr."

Ich bedankte mich, und wusste nicht, was ich mit der Information tun sollte. Offenbar war die Made auch bei ihrem Lover in Binzen rausgeflogen und ist einfach in das Haus gezogen.

Mit meinem Rechtsanwalt und der Polizei besichtigten wir das Haus und den Tatort in der Küche. Wir fanden das Originaltestament, konnten in ziemlich kurzer Zeit beweisen, dass das andere gefälscht war. Desweiteren hatte die Made viel Geld verprasst, die Beerdigung der Eltern nicht bezahlt undsoweiter. Die Made musste wegen Dokumentenfälschung in den Knast, und ich fing wieder an zu essen und begann mein Praktikum einer Klinik. Danach beendete ich mein Studium und bekam die Stelle in der Rhein-Klinik.

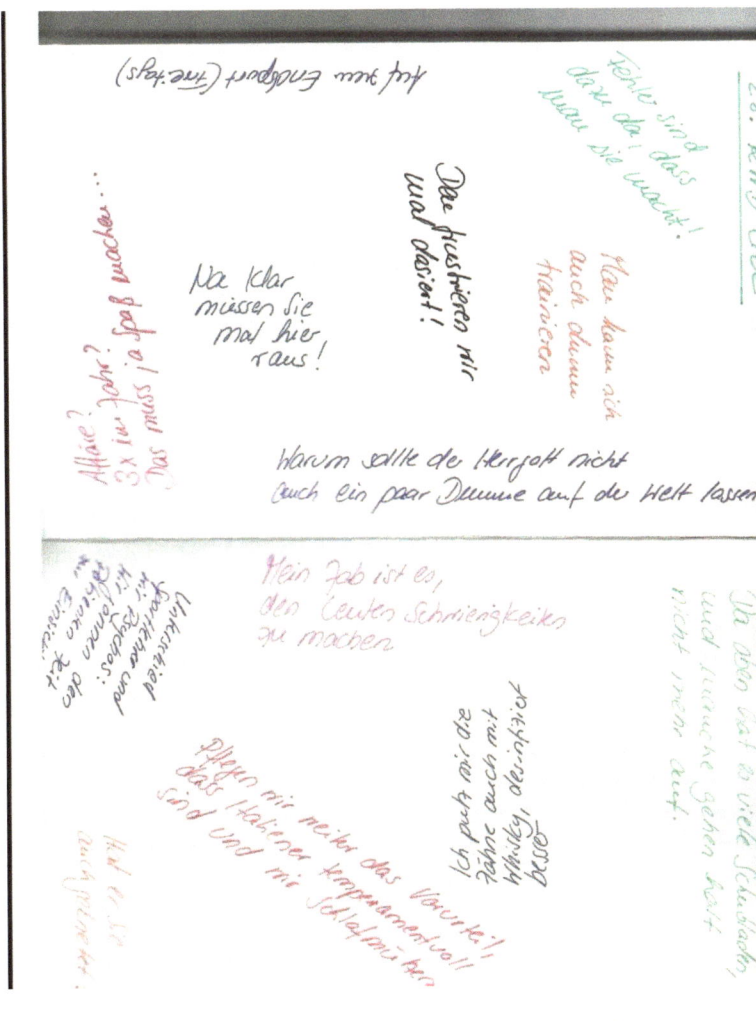

Abbildung 3. Gesammelte Sprüche eines Psychiaters...

6. Die Rhein-Klinik

Die Rhein-Klinik in Efringen-Kirchen, Ortsteil Istein, ist ein Akutkrankenhaus (Klinik 1, Klinik 2, Klinik 3) mit angeschlossener Tagesklinik, Nachtklinik und Psychiatrischer Ambulanz. Sie wird als Gesellschaft mit beschränkter Haftung geführt. Für den stationären Aufenthalt stehen 100 Betten zur Verfügung. Insgesamt arbeiten hier ungefähr 220 Mitarbeiter. Die Rhein-Klinik liegt in ruhiger Lage direkt am Rhein. Die Rhein-Klinik gewährleistet ein umfassendes medizinisches und psychotherapeutisches Leistungsspektrum in einem geborgenen und gepflegten Ambiente. In einem integrativen Versorgungsnetz umsorgen die interdisziplinären Teams aus Ärzten verschiedener psychiatrischer, psychosomatischer und somatischer Fachrichtungen, Psychotherapeuten, Fachtherapeuten sowie der Pflegedienst rund um die Uhr die Patientinnen und Patienten, die hier Genesung, neue Kraft und Stabilität finden.

Ich bin die leitende oder auch die leidende Psychologin im Team Klinik 1. Der Chefarzt, Dr. Dahlburger, ist ein resoluter Mann Mitte 60, mit dem ich mich gut verstehe. Das Team besteht aus Chefarzt, Oberärztin, drei Fachärztinnen, zehn Psychologen, sechs Fachtherapeuten und dem Pflegeteam. Viele dieser Mitarbeiter arbeiteten in Teilzeitmodellen. In Team 1 haben wir immer so um die 35 Patienten zu versorgen. Pro Woche gab es ungefähr drei Neueintritte und drei Entlassungen. Die Hauptdiagnose waren Depressionen, Burn-Out-Syndrom oder Partnerschaftsprobleme.

Morgens um 8.15 Uhr trifft sich das gesamte Team zur Frühbesprechung im Sitzungszimmer. Meist bin ich schon um 7.45 Uhr da, um ordentlich Croissants am Frühstücksbuffet abzugreifen. In der Morgensitzung wurden ungefähr zehn Minuten die Vorfälle der Nacht durch die Pflegeabteilung vorgetragen oder ganz spezielle Fälle, welche eine schnelle Entscheidung des Chefarztes erforderten, angesprochen. Danach hatten die Ärzte Visiten, die Psychologen Einzel- oder Gruppengespräche, die Fachtherapeuten ihre diversen Therapien. Mittags von 12.15 bis 13.00 Uhr findet die Mittagsbesprechung des Teams statt, wo die Fälle ausführlich besprochen werden. Danach gibt es Mittagessen im Klinikrestaurant, bestehend aus sorgsam komponierter Bio-Konzeptküche mit kreativer Menüauswahl aus mediterranen, vollwertigen und vegetarischen Komponenten. Man kann hier auch das eine oder andere Wort mit den Patienten wechseln oder mit den Teams von Klinik 2 oder 3 zusammen essen. Von

13.45 Uhr bis 17.00 Uhr gehen alle wieder an ihre Arbeit.

Für den Intelligenztest (MWT-B), D2 Aufmerksamkeits- und Konzentrationstest (D2-R) oder auch den Wisconsin Card Sorting Test (WCTS) wird der Patient bestellt und ich setze mich mit ihm zusammen in den Testraum und führe die vom Arzt gewünschten Testungen durch. Die Auswertung erfolgt wiederum manuell. Meist machen dies die Praktikanten, die man leider antreiben muss, damit sie was arbeiten und nicht dauernd Bananen klauen.

Heute ist ein sonniger und schöner Apriltag im Jahr 2017. Ich habe mir den Nachmittag mal wieder frei genommen, da ich viele Überstunden habe, und wartete nun auf den Feierabend. Allerdings muss ich noch in die Mittagsbesprechung. Interessanterweise ist im Sitzungszimmer Prof. Dr. Stiebitz anwesend, der ärztliche Direktor der Klinik. Das bedeutet im Normalfall nichts Gutes...

„Hat jemand etwas Besonderes vorzutragen?" quakt Stiebietz gleich mal los. Logischerweise traut sich keiner, etwas zu sagen. Ich räuspere mich.
„Ja, Frau Schuhmacher?"
„Nee, hab nichts", sagte ich und warte gespannt auf das was kommen sollte.
„Ich, ähm, hüstel...äh, habe Ihnen eine Neuigkeit zu verkünden. Herr Dr. Dahlburger wird uns zum Ende des Monates verlas-

sen. Er hat eine neue Stelle in seiner alten Heimat Ulm angenommen."

Scheiße, denke ich, endlich mal ein Chef, mit dem ich klarkomme, und schon geht der. Kann ja nur noch schlimmer werden. Dahlburger betrachtete seine Schuhspitzen. Die anderen freuen sich, kamen sie doch mit dessen direkter Art öfters mal nicht klar.

„Wie Sie alle wissen, nimmt unsere Anzahl der Patienten aus dem Elsass erheblich zu. Wir können hier nicht immer nur mit unserem rudimentären Französisch arbeiten und wegen jedem Furz Frau Schuhmacher hinzurufen. Sie ist hier schließlich als Psychologin tätig und nicht als Dolmetscherin."

Er wirft mir einen anerkennenden Blick zu, die anderen hassen mich, schon klar. Ich weiß nicht, ob ich mich des Lobes freuen soll oder die Rache der Kollegen fürchten. Mal sehen. Meine Kollegen: Besonders geschätzt und beliebt bei mir ist meine ehemalige Studienkollegin Catherine Toll. Die anderen sind nicht so toll: Frau Cécilie Ficker, die ihrem Namen nicht gerecht wird. Übergewichtig, dunkellockig, mit einem Faible für alle Männer. Psychologin. Frau Arschtritt (Astrid) Schmitz, Österreicherin, Coachin für Keine-Ahnumg-Was. Frau Franziska Kupferschmied, Sekretärin und außerdem sehr sympathisch. Wir gehen öfter zusammen eine rauchen. Meine liebste

Feindin ist Janet Dick, die unter anderem
für die Medikamente zuständig ist. Auch zu
der Pflegedienstleitung Schwester Susanne
habe ich einen guten Draht. Wir kennen uns
schon seit Kindertagen, und wenden seit
jeher bei Dingen, die andere nicht wissen
sollten, unsere Geheimsprache an. Einfach
rückwärts sprechen. Essiehcs, Occesorp,
edölb Tenaj! Besonders Tena(j) gefiel uns
besonders gut, passt doch wundervoll zu
unserem verkappten Topmodel Janet. Ich
schaue in die Runde und Stiebitz quatscht
weiter.

„Aus diesem Grund habe ich einen Psychiater aus Frankreich eingestellt. Herr Dr. Bellini hat großartige Reputationen, ist ausserdem noch zertifizierter Musiktherapeut und
sieht blendend aus. Das wird die Damen-
welt freuen."

Abwarten denke ich, was Stiebitz unter
blendend aussehend versteht korreliert
wahrscheinlich nicht mit meinem Verständ-
nis von gutaussehenden Fahrrädern.

„Er wird nächste Woche hier anfangen, um
von Dr. Dahlburger noch eingearbeitet zu
werden. Ich hoffe, Sie bereiten ihm einen
guten Start."

Stiebitz hatte gesprochen, und weg war er.
Aufgeregtes Raunen und Tuscheln, und
noch ein bisschen Patientengelaber. Dann
ist es 13.00 Uhr und ich mache mich vom
Acker. Sehr gemischte Gefühle. Neuer
Chef, neue Marotten, alles neu, und dann

noch ein Franzose. Toll. Warum nicht gleich ein Araber?

7. Frauen lieben es gar nicht, Klatsch weiterzuerzählen. Sie wissen nur nicht, was sie sonst damit tun sollen (Romy Schneider)

Auf diese Neuigkeit hin muss ich mich erst mal abreagieren. Am besten mit kaltem Wasser. Auf der Fahrt zum Rheinstrand sinniere ich über den langweiligen Winter nach. Klar, die Arbeit, aber weit und breit kein Fahrrad in Sicht, bzw. Nur solche, die ich eh nicht will. Das Wetter verhält sich aprilmässig: Sonne, Wolken, gleichzeitig hoffe ich auf ein paar Sonnenstrahlen auf meinen wintergebleichten Körper. Als ich das Dach des Cabrios öffne, hat es 18 Grad. Die Sonne scheint diffuse. Als ich am Rheinparkplatz ankomme, sehe ich den dunkelblauen BMW Kombi von meinem Ex Christian Brayner dort stehen. Ich somatisiere. Ich rege mich auf. Nein, sage ich mir, der kann Dir nichts mehr tun. Der ist doof, der ist dumm, und der kann nur fahrradfahren.

Der Himmel ist hellblau, das Wasser glitzert. Ich benutze den von Leuten in die Steine gebahnten Weg, obwohl ich lieber über die grossen Steine balanciere. Bringen wir´s hinter uns. Am Strand ist kein

Mensch. Ich sehe einen dunkelbraun ge-
brannten Mann auf dem Bauch liegen.
Dann sehe ich Christian. Liegt auch auf
dem Bauch. Ja, die pennen alle. Voll der
Stress mal wieder. Dann muss ich ja nichts
sagen. Ich breite mein rotes Handtuch aus
und sehe, dass meine Freundin, die Schwa-
nin, jetzt einen Partner gefunden hat. Ich
zücke meine Kamera und nähere mich den
beiden Vögeln. Ich meine jetzt wirklich die
Spezies *Cygnini* (eine Tribus der Entenvö-
gel *Anatidae*) Ein Franzose füttert sie mit
alten Brötchen, und sie sind beide ganz
friedlich (die Schwäne). Der Franzose (das
Pony, ich erzähle jetzt nicht, warum der so
heisst) sagt mir, dass das Wasser 10 Grad
habe. Dann latsche ich wieder zurück an
meinen Platz. Achja, Enten waren auch
noch da…immer diese Enten, die einen
beobachten. (*Anatidaephobie*, ganz
schlimme Sache). Ich ziehe meine dunkelblauen Leggins aus und auch das T-Shirt.
Immerhin habe ich jetzt eine neon-rosa-
gelbe String-Bikinihose an und ein gelbes
Oberteil. Gut, das Oberteil kann ich auch
noch schmeissen. Aber ganz nackig will ich
da nicht hinsitzen. Hat mir eine neue
Freundin ebenfalls namens Marie gesagt,
die da auch ab und an hingeht. Oben ohne
ja, aber nicht ganz nackig. Was mach ich
denn jetzt? Ja, die *Humor Effects* Studie
könnte ich noch lesen, zumindest zu Ende.
Die wurde auf einem sehr interessanten

Vortrag als Literatur empfohlen. Wie Clowns und Bespassungen den Stresspegel bei krebskranken Kindern im Krankenhaus senken können. Ich komme nicht so ganz mit, muss ich mir erst wieder reinziehen, was ich vorher gelesen hatte.

Leider höre ich, dass Christian zum Leben erwacht. Er labert. Wie immer weiss er alles besser. Soll ich 'ne Strichliste führen, wie oft er "Waldbürgchen" sagt, die Brauerei, bei der er als Nachtwächter arbeitet? Nein, keine Brayner-Enterprises, nur Waldbürgchen-Nachtwächter. Ich halte mir die Ohren zu. Ach, und warm ist mir auch.

"Hallo, Marie", brüllt es plötzlich. Ich kämpfe mit meiner Kamera, die wohl Sand ins Getriebe bekommen hat. Irgendwann baut sich Christian vor mir auf, wedelt mit seinem Gemächt, und fängt an, Steine ins Wasser zu werfen und zu labern.

"Alles gut?"

"Alles gut," antworte ich. Fummle weiter an meiner Kamera mit Sand im Getriebe rum.

Ich hoffe, dass er eine Armlänge Abstand hält, denn sonst muss ich ihm leider einen Fusstritt oder eine verbale Attacke verpassen.

Der andere Schweizer, sein Freund, der Künstler Danny, kommt auch hinzu. Probiert das Wasser aus. Christian labert und wirft Steine. Mir geht das auf den Keks.

"Immer Krach machen, was soll denn das?"

Die Vögel können ihn zwar noch übertönen, aber nicht mehr lange.

"Ich räume den Strand auf. Steine gehören ins Wasser. Und das Plastik, was da herumliegt, überall Müll. Was macht Deine Arbeit?

"Alles supi", sage ich, weil diese Antwort von anderen mich regelmässig auf die Palme bringt. Vielleicht klappt's ja mit der Übertragung.

Das Plastik lag schon vorher da, und ich gedenke, es nachher oder gleich einzusammeln. In meinem eigenen Müllabfuhrplastikbeutel, um das Ganze dann oben am Mülleimer mehr der weniger ordnungsgemäss zu entsorgen.

"Ja, aber ich weiss ja gar nicht, was Stand der Dinge ist".

"Das musst Du auch nicht. Und das Plastik am Strand räume ich schon selber auf".

Plötzlich kommt ein dunkelbraun gebrannter Franzose aus dem Gebüsch hervor. Er sieht aus wie eine Mischung aus George Clooney und Robert de Niro, Alain Delon und Ayrton Senna. Rettung naht! Es ist der scharfe Typ von letztem Jahr!

Ich springe auf und begrüsse ihn mit Küsschen. Augenblicklich verschwindet Christian. Geil. Wie hiess jetzt noch der Franzose? Vielleicht hat er doch am meisten Ähnlichkeit mit Alain Delon. Ja, Alain hiess er. Also, ein Franzose namens Alain, Mischung aus Robert de Niro und George Clooney und Alain Delon. Hatte ich oben nicht gerade Romy Schneider zitiert? Passt!

Eigentlich wollte ich vorher noch überlegen, wer mein nächstes Fahrrad wird. Ich hab nur noch zwei Kandidaten: Ein schöne Araber von der Baufirma, die die Renovierung und den Wasserschaden in meiner Wohnung betreut, oder der nicht ganz so schöne, aber immerhin intelligente Thomas aus dem Training. Wobei Thomas zu jung ist und deswegen ausscheidet. Bin ja nicht pädophil.

Das Problem im Moment ist nur, ich muss auf´s Klo. In den Rhein pinkeln geht wohl noch nicht. Zu kalt. Wäre die sauberste Lösung. Wird alles weggeschwemmt. Eigentlich wollte ich auch schwimmen. Ich ziehe also meinen String aus, stehe dumm rum. Danny macht dumme Bemerkungen über Spargel undsoweiter, was eigentlich keinen interessiert. Ich latsche ins Wasser. Nicht mehr so kalt wie vor 10 Tagen. Ich lasse mich fallen. Fünf Armzüge. Jawoll. Einer mehr als am 23. März. Yeah. Der ganze Körper kribbelt, ich schnappe mei Handtuch und trockne mich ab. Immerhin bin ich jetzt in mein Handtuch gehüllt und muss die lüsternen Blicke der Kerle nicht aushalten. Ich bin die einzige Frau am Strand. Somit also auch die Schönste, Testosteron pur. Und weit und breit, kein Bier ins Sicht. Nun gut. Da ich ja die schönste Frau am Strand bin (sehr schwierig), habe ich ja alles offen. Ich wähle: Alain ist der schönste Mann am Strand. Und sage das auch laut! Er bietet mir wieder eine Zigarette an, und ich versuche, ihm die *Humor Effects* Studie auf französisch zu erklären. Kein ganz leichtes Unterfangen. Aber machbar. Irgendwann streichelt er mir den Rücken. Und dann küsst er mich. Das Universum tut sich auf, die Welt bleibt stehen. Ich bekomme nichts mehr mit von meiner Umwelt.

Bis ein Gewitter aufzieht. Ich packe mein Zeug, da ich noch Wäsche draussen auf der Wäschespinne habe. Allerdings erkläre ich Alain *"Les bonnes choses sont dedans"*. Ich verabschiede mich noch vom Brayner und von Danny. Küsse Alain nochmals und kratze ihm den Sand vom Rücken. *"Tu es une voleuse"*, sagt er, als ich Sand vom Strand (für meine Kakteen) und einen glitzernden Stein mopse. Dafür hab ich auch Schrott abgeräumt. Quid pro Quo. Ich springe zum Auto, und das Gewitter legt los. Dunkle Wolken über der Burg Rötteln. Ich ratsche die Wäsche von der Leine, und überlege, ob ich jetzt mit Alain fahrradfahren soll. Ja, ich will. Ich will, ich will, ich will. Wenn das mal nicht schiefgeht...Franzosen sind doch alles Mädchenhändler, oder nicht?

8.   Tour de France II

Jetzt habe ich tatsächlich mit Alain abgemacht, Am Donnerstag. Das muss jetzt
sein. Ich will jetzt mal wieder einen richtigen Mann. Auch, wenn es schiefgeht. Kann
natürlich auch nach hinten losgehen, weil
der anscheinend nichts arbeitet. Wovon lebt
der eigentlich? Ich habe viele Musikvideos
von ihm gefunden. Er ist also Sänger? Ist er
bekannt? Keine Ahnung.Ich habe natürlich
auch sein Haus in Bartenheim (Frankreich)
per Satellit und Kamera gestalkt. Ich meine,
dass da massenhaft Autos im Hof rumste-
hen. Letzten Sommer ist er mit einem Jeep
gekommen, als ich am Montag vom Strand
wegging, stand da ein Maserati. Der wird
mir weder meine Handtasche von Yves
Saint Laurent noch mein Auto klauen.
Wozu auch. Mit den Drogen müsste ich ein
bisschen aufpassen. Und die Kameras. Aber
ich habe ja Catherine schon informiert.
Wenn sie bis 17.00 Uhr keine Message von
mir erhält, soll sie Polizeifahrräder anrufen.
Wir haben auch einen Code abgemacht,
falls er mich zwingt, zu schreiben. Und die
Adresse habe ich ihr natürlich durchgege-
ben.

Heute ist es also soweit. Ich habe meinen
freien Tag, ich arbeite nämlich nur 80 Pro-

zent. Anders hält man das auch nicht aus mit den ganzen Bekloppten und Depressiven. Es ist kalt, kein Vergleich mehr zum Montag. Aber es ist ja auch April. Ich schleppe mich mal unter die Dusche. Was soll ich denn anziehen? Alt und neu, billig, teuer? Ich entscheide mich für Camouflage Hose aus dem Discounter und handgenähte Bluse von Mama. Bundeswehrgrüne Tarnpumps. Irgendwann bin ich fertig und mache mich auf zur *Tour de France.*

Autobahn will ich nicht, da ist ja immer Stau, Baustelle, doof. Ich fahre über Weil. Tüllinger. Die Made ist ja jetzt weg. Das Haus wurde verkauft und sie weilt jetzt in irgendeinem Frauengefängnis. Ich habe mir nicht mal die Mühe gemacht, nachzufragen, wo. Dafür hasst mich zwar ganz Weil, gleichzeitig muss ich auch auf mich selbst aufpassen. Ich will keine keine Made mehr sehen. Ich fahre bei Alison, einer Freundin aus dem Ballett, vorbei, schiele um die Ecke. Das Ex-Elternhaus sieht sauber aus. Weg hier.

Grenze Frankreich Palmrain Brücke. Ich fahre über Rosenau. Das kenne ich, Landstrasse. Keine Sau unterwegs. Ein paar Kilometer weiter, und schon werden die Dörfer mediterran. Es ist unglaublich. Alles ist grün, der Frühling ist da. Äh, ich will aber auf eine Fortbildung. Fohortbildung. Fahrradfahren, whatever. Leider ist ab Rosenau die Zufahrt nach Bartenheim gesperrt, ich muss alles wieder zurück fahren. Das Ganze nochmals über Saint Louis. Irgendwann finde ich das Kaff. Meine Fresse. Voll zu spät und voll der Stress. Das ist ja ein kleines Problem in Frankreich. Wo ist denn jetzt die blöde Kirchstrasse? Ich halte am Rathaus an, frage dann aber einen älteren Herrn, der gerade Lebensmittel auslädt. Alle sehr freundlich hier. So, Kirche gefunden...Geil, ich fahre in ein enges Gässlein, hier Hausnummer 15, da die 17, dann wieder eine 18, dann 12...wo zum Geier ist die 13??? Ich parke jetzt in einer Einfahrt eines verlassenen Hauses und frage noch mal eine Frau, die eine komische Gesichtsmaske trägt und im Nachbarsgarten arbeitet. Genau da, wo ich bin soll die 13 sein. Hä? Okay. Und wo ist Alain? Ich überprüfe das Namensschild? Hä? Wo bin ich? Und plötzlich biegt Alain um die Ecke...Ich solle das Auto bitte in den Hof fahren, und mal endlich reinkommen.

Ich muss eine Kippe rauchen. Er zündet mir eine an. Ich renne panisch zu meinem Auto. Dann bittet er mich herein.

Huch. Ich befinde mich in einen Musiktherapiezimmer. Gefühlte 100 Gitarren hängen an der Wand. Es ist arschkalt. Ein Klavier. Ein Schreibtisch und ein Computer. Er bietet mir eine Cola aus der Dose an (gut, da kann ja kaum was drin sein). Im Fernseher läuft ein Fahrradfahrfortbildungsfilm. Äh, etwas fortgeschrittene Fahrräder sind da am Werk. Alain hat irgendwas wie einen schwarzen Jogginanzug an und sieht verrucht und klasse aus.

Alain will mit dem Fahrradfahren anfangen. Und zwar schnell. Eigentlich sollte ich auf's Klo, andererseits könnte er mir hier die Handtasche von Yves Saint Laurent ausrauben. Ich denke, wir bilden uns mal fort. Leider nervt mich die zusätzliche Online-Video Vorlesung. Er stellt sie ab. Gottseidank. Diese Studenten sind irgendwie viel, viel weiter als ich. Und jammern so laut. Ist halt anstrengend, die Vorlesung. Im Fernseher.

Wir beginnen mit der Fortbildung. Ich finde es ganz interessant, wenn auch eher unromantisch. Ich find's auch irgendwie spannend. Alain ist zwar etwas ungeduldig, meckert über den Sattelschutz. Also, es ist natürlich eine Fortbildung im Fahrradfahren. Irgendwie ist es spannend und unterhaltsam. Wenn auch nicht ganz so romantisch, wie ich mir das Ganze vorgestellt hatte. Das ist mir aber schnuppe, den ich war den ganzen Winter seit dem 1. September brav. Das muss man sich mal vorstellen. Und zwischendrin muss ich ganz furchtbar lachen. Und irgendwann muss auch Alain lachen. *Pour fin.* Eine Ausdauer hatte der, meine Güte.

Unmittelbar danach reisst er eine Gitarre von der Wand. Schlägt ein paar Takte an, fängt an zu singen. Ich finde: saumässig gut. Verstehe leider diesmal nur Bruchteile von dem ganzen Französisch…würde gerne mitsingen, kapiere aber wenig. Der letzte Song war dann *Sono italiano, un italiano vero (Toto Cutugno)*. Irgendwie erinnert mich das Ganze an das Amselmännchen, welches erst zu singen angefangen hat, als die Eier gelegt waren. So geil. Das hat echt noch keiner getan. Und DAS war jetzt wirklich romantisch.

Vor seinem großen Haus schießen wir noch ein paar hübsche Selfies, rauchen eine zusammen, er schießt ein paar Fotos von mir auf seinem grün-gelben Lotus Elise, und dann muss ich auch irgendwann mal aufbrechen, damit ich meine Message rechtzeitig an Catherine senden kann. Ich bin glücklich und fahre dann noch Fisch kaufen in Saint Louis. Ich informiere Catherine vor 17.00 Uhr, dass alles in Ordnung ist und sie keine Polizeifahrräder anrufen muss. Wir hatten ja noch Codes abgemacht, falls er mich entführt und mich zwingt etwas zu schreiben. Wann ich ihn wiedersehe? Keine Ahnung. Würde ich auch gerne wissen, gleichzeitig habe ich so das Gefühl dass der Gute irgendwelche Bindungsängste hat. Ich krieg´s schon noch raus.

9. *Bei der Arbeit*

Ich habe einen neuen Patienten. Herr Andreas O. Zum Glück nicht die Anna O.,
denke ich im ersten Moment, revidiere
mein Urteil aber bald. Herr O. ist, wie fast
alle Patienten, wegen Depressionen hier. Er
war lange Jahre Alkoholiker, in mehreren
Therapien und Entzugskliniken gewesen
und jetzt ist er seit über 10 Jahren trocken.
Er ist ein großer, schlanker Mann, eigentlich fast zu dünn. Ein Blick in die Akte sagt
mir, dass er 35 Jahre alt ist. Ich überlege, ob
ich über Männermagersucht nachlesen muss
oder das in der Mittagsteambesprechung
mal anticken soll. Er hat lange Haare, was
mir persönlich nicht gefällt, aber mir müssen meine Patienten ja nicht gefallen. Eine
angenehme Stimme, leider taxiert er mich
etwas zu interessiert. Weswegen jetzt die
Despressionen wieder da sind, kann ich
nach der ersten Sitzung jedenfalls nicht
sagen. Es geht um Beziehungen, gescheiter-
te Beziehungen, eine neue Liebe, die aber
verheiratet ist, undsoweiter undsofort. Als
erstes interessiert ihn das Sportangebot in
der Klinik. Genau das würde ich jetzt dann
gerne mal verbieten. Ich notiere mir, dass
ich den aktuellen Sporttherapeuten drauf
anspreche. Man müsste dem Knaben mal

die Speisekarte schmackhaft machen. Ich werde es im Mittagsteam ansprechen.

"Wieso sind Sie eigentlich Psychologin?" fragt er ungeniert. Das geht ihn ja nun wirklich nichts an. Was soll ich antworten? Dass ich Psychologie studiert habe, um meinen eigenen Wirrwarr besser zu verstehen? Dass ich in der Klinik Patienten habe, und tagtäglich sehe, dass andere noch bekloppter sind als ich?

"Psychologen haben selber alle einen an der Klatsche, aber seien Sie nicht böse, es ist nichts gegen Sie persönlich", meint er zum Abschluss als er mein Büro verlässt und einen Duft aus Zigarettenrauch und Karl Lagerwiese hinterlässt. Erinnert mich ein bisschen an Alain. Der Zigarettenrauch, nicht dass Eau de Toilette von Lagerwiese.

Ich gehe auf die Toilette, bürste mir kurz die Haare, und ab geht es in die Mittagsteamsitzung. Ich bin etwas zu früh dran, noch keiner da. Doch hinten am Flipchart steht ein dunkelhaariger Mann im weissen Kittel. Irgendwas kommt mir an dem bekannt vor. Und als er sich umdreht, weiß ich auch genau was. Es ist Alain.

Nein, stalkt der mich? Was geht ab? Ich stehe da mit offenem Mund.

"Qu'est-ce que tu fais ici?"

Er schaut mich genauso blöd an und gibt die Frage zurück. Ich hasse es, wenn man Fragen mit Gegenfragen beantwortet.

"Hallo, *Monsieur,* ich arbeite hier. Ich bin die leitende Psychologin".

Er lacht: "Wie schön, dass ich schon jemanden von meinem Team kenne. Ich bin Alain Bellini, Dein neuer Chef."

Lieber Gott, lass ein tiefes Loch aufgehen und mich darin verschwinden. Wie erwartet, geschieht nichts dergleichen. Alain grinst süffisant, setzt aber gleich eine ernste Miene auf, als Stiebitz einmarschiert. Ich wusste gar nicht, dass Stiebitz so gut französisch kann.

"Ja, Frau Schuhmacher, darf ich Ihnen Ihren neuen Chef, Herrn Bellini vorstellen?"

"Herzlich willkommen", sage ich und schüttle Alain die Hand. "Auf gute Zusammenarbeit."

Das kann ja heiter werden. In der Zwischenzeit sind auch die anderen Kollegen eingetroffen. Die Ficker himmelt den Bellini unverhohlen an. Janet Dick tuschelt, und Catherine stürmt als letzte herein. Ich versuche, ihr irgendwelche Zeichen zu geben, aber sie ist mit ihrem Kalender beschäftigt. Hoffentlich ist bald Mittagspause. Ich vergesse die Probleme mit Andreas O. und versuche meine Gedanken zu ordnen. Wenn das rauskommt, bin ich geliefert. Das ist

absolut verboten, etwas mit Kollegen anzufangen. Allerdings war er da ja noch kein
Kollege. Menno, jetzt treffe ich mal einen
tollen Mann, und dann entpuppt er sich als
mein neuer Chef. Und es ist verboten. Alles
was Spaß macht, macht entweder dick oder
ist verboten. Nach der Teamsitzung nehme
ich Catherine zur Seite.

"Kommst Du schnell mit eine Nicht-
Rauchen?" Catherine raucht nicht, kommt
aber ab und zu mit in den Fahrradkeller,
weil man dort interessante Gespräche führen kann. Wir laufen los, damit wir die ersten sind. Der Bellini muss sicher erst noch
rausfinden, wo man raucht, allerdings halte
ich ihn für clever genug, das ziemlich
schnell rauszufinden.

"Was ist denn so dringend?" fragt Catherine.

"Der Typ, da...der, der...der Neue...das ist
der Typ vom Donnerstag letzter Woche."

"Waaaaas? Dein Franzosenfahrrad?"

"Eben der."

"Nee, nicht wirklich, oder?"

"Doch, leider."

"*Merde*" meint Catherine "aber er sieht echt
gut aus. Was machst jetzt?"

"Keine Ahnung". Ich ziehe nervös an der Zigarette als pfeifend Alain um die Ecke trabt.

"*Voilá*" grinst er. "*Ici on fume*"

Er hat es erfasst. Ich drücke meine aus und gehe mit Catherine zum Essen. So eine Scheiße. Ich kündige. Ich wandere aus. Ich werde Psychologin auf der ISS. Ich weiß es auch nicht.

10. *Attends, je te réponds plus tard (Alain Bellini)*

Ha. Das habe ich jetzt schon zweimal gelesen. Sorgt für extrem schlechte Laune und extreme Einsicht. Ich tue ZUVIEL. Die Typen wollen ja kämpfen müssen. Es funktioniert nur, wenn sie mir egal sind. Sonst sind sie weg. Wieso eigentlich?

Tatsache ist, dass Männer mit einer Überdosis weiblicher Gefühle nicht umgehen können. Vor allem dann nicht, wenn sie sich gerade von ihrer Frau getrennt haben. Von Worten, die gefühlsgeladen sind (wie in einem Brief z.B.) lassen sich Männer nicht beeindrucken. Er wird sich vielleicht artig bei Ihnen dafür bedanken, aber es wird NICHT den gewünschten Effekt haben - nämlich dass er zu Ihnen zurückkommt (Christian Sander).

Ich kann es nicht ändern, ich habe mich in den Bellini verliebt. Ob es nun erlaubt ist oder nicht, jedenfalls versuchte ich, privat Kontakt mit ihm aufzunehmen über sein privates Mobiltelefon. Er war sehr reserviert. War irgendwie klar. Und was soll frau jetzt tun? Er muss das Gefühl bekommen, dass er mich nie wieder kriegen wird. Irgendwie doof. Allerdings lehrte die Empirie, dass jeder, aber auch wirklich JEDER meiner Lover zurückgekommen ist. Meist allerdings erst dann, wenn ich ein besseres Fahrrad gefunden hatte.

Ich sehne die Teamsitzungen herbei und ich fürchte sie gleichzeitig. Ich gehe rauchen, in der Hoffnung, dass er auch kommt und verhalte mich extrem kindisch. Ich weiß auch nicht, was ich tun soll. Vielleicht sollte ich mich selbst mal wieder mit der Maltherapie beschäftigen. Das ist eigentlich eine gute Idee, denn in Leibstadt gibt es einen Kunstwettbewerb zum Thema Kultur und Energie. Ich weiß auch schon, was ich male. Lorelei auf Lotus. Das macht Spaß und lenkt ab.

Abbildung 4. Lorelei auf Lotus

11. *Fantasie ist wichtiger als Wissen, denn Wissen ist begrenzt (Albert Einstein)* $E = mc^2$

Wie geil ist das denn? Am heutigen 24. April des Jahres 2017 fahre ich in der Mittagspause nach Leibstadt, um meine Lorelei abzugeben. Das Kernkraftwerk Leibstadt, kurz KKL, befindet sich auf dem Gebiet der Gemeinde Leibstadt (Kanton Aargau, Schweiz) am Rhein nahe der Aare-Mündung und der deutschen Grenze bei Waldshut-Tiengen. Es ging Ende 1984 in Betrieb und ist damit der jüngste der fünf Kernreaktoren in der Schweiz. Es erzeugt ein Sechstel des in der Schweiz erzeugten Stroms. Ein sechzig Jahre während Betrieb gilt (Stand: 2014) als denkbar. Das Interessante dabei ist, dass dort am Kühlturm ein Wanderfalkenpaar nistet, welches man unten an der Information per Live-Kamera beobachten kann. Ich bekomme aus irgendwelchen Gründen Newsletter von denen, und dieses Jahr findet eine Vernissage statt, an der sich Hobbykünstler zum Thema Kultur und Energie austoben können

Wunderschöner stahlblauer Himmel. Die Falken piepsen, auf dem Bildschirm sieht man Mama Falke ihre Jungen füttern. Danach fahre ich zurück, durch leere Schweizer Strassen. Gelber Raps, blauer Himmel, eine Pause in Laufenburg, um Croissants zu kaufen. Ich habe Hunger. Und zwar sehr.

In der Klinik versuche ich mittlerweile, Alain so gut es geht aus dem Weg zu gehen. Klappt nicht immer, und immer, wenn ich ihn sehe, schlägt mir das Herz bis zum Halse.

Nach Feierabend schlage ich am Rheinstrand auf. Leider ist Christian auch da. Das Auto von Alain kann ich nicht finden. Mir doch egal (Natürlich nicht). Ich platziere mich an meinen gewohnten Platz. Esse meinen Apfel. Bin mal gespannt, ob Alain sich noch traut, hierher zu kommen. Wahrscheinlich eher nicht. Der muss sicher arbeiten und sich beim Stiebitz einschleimen, denke ich boshaft. Ich sonne mich und genieße den Feierabend. Eigentlich erstaunlich, dass knapp drei Kilometer von der Klinik entfernt ein völlig anderes Leben herrscht. Man muss zwar immer mal Angst haben, dass sich ein Patient mit Freigang hierher verirrt. Dann hat er das Glück, mich nackig zu sehen. Die Erfahrung lehrte aber, dass die einen nicht erkennen. Zumal ich in der Klinik immer mit Brille und seriösem *Chignon* herumlaufe und minimal geschminkt bin. Die einzigen, die einen IMMER erkennen, sind Kinder. Egal ob mit

Badekappe und nassen Haaren. Die haben irgendwie einen anderen Blick. Naja, egal. Ich überlege, wie es mit Alain weitergehen soll. Obwohl ich das ja nicht zu entscheiden habe. Ach manno, alles ist anders, seit der aufgetaucht ist...Und er ist so undurchsichtig. Ich verstehe das alles nicht. Eigentlich will ich, andererseits lässt es sich kaum mit der Arbeit verbinden. *Merde.*

Ich muss wohl zu viel an Alain gedacht haben, denn plötzlich pfeift es, und Alain erscheint in Motorradkluft und Ray-Bang auf der Nase. Kippe im Mundwinkel, wie fast immer. Keiner würde ihn im weissen Kittel vermuten. Ich blättere in einer Studie und tue betont desinteressiert. Er begrüsst alle, dann kommt er zu mir. Küsst mich, lungert hin und her, und fragt dann, ob er neben mich sitzen darf. Höflich sind sie ja, die Franzosen.

„*Avec plaisir*", blöke ich, so dass Christian es hören kann.

Ich liege in der Sonne, Alain streichelt mir die Mücken vom Rücken. Huch, ein Reim. Hinter eines Baumes Rinde, sitzt die Made mit dem Kinde...Christian hängt in der Ecke und hat nun endlich begriffen, was Sache ist. Marie und Alain sind fahrradgefahren. Zwischendrin unterhalten wir uns mit Jean-Pierre und Martine, einem älteren französischen Paar. Alain findet alles „*cool*". Muss frau erst mal begreifen. Und das Ganze nicht mit *„cul"* verwechseln. Alles stilvoll, alles elegant. Niemand sagt *fahrradfahren.* Die Franzosen nennen das anders. *Faire l'amour.* Färadfuhrn.

Als mich ein Spanner anspannert und wütend auf den Boden spuckt, steht Alain auf, und regelt das wie ein Gentleman. Leise, mit Worten. Christian gibt dann auch noch seinen Senf dazu, aber das soll mir egal sein. Der kann ja eh nur laut proleten.

Die Sonne scheint, der Fluss glitzert, ich liege in Alain's Armen im Sand und bin glücklich. Als er mich fragt, warum ich keinen Mann hätte, sage ich, dass mich alle so bekloppt behandeln. *„Ils sont foux"*, sagt Alain.

12. Kunsttherapie

Es regnet. Gottseidank. In Strömen. Der Klinikalltag ist etwas trist, allerdings auch sehr aufregend. Ich weiß, dass es verboten ist, und keiner darf was merken. Alain gibt sich betont distanziert während der Arbeit, was mir durchaus recht ist. Abends werde ich ins Ballett gehen. Ich tanze schon lange, allerdings mal mit mehr und mal mit weniger grosser Begeisterung. Als ich mit dem Taekwon-do angefangen hatte, wollte ich erst aufhören, dann habe ich gemerkt, dass die beiden Sportarten sich wunderbar ergänzen. Da ich mittlerweile ein bisschen ein Problem mit dem Taekwon-do Trainer habe, überlege ich, dort aufzuhören.

Gestern hat Alain den anderen zwei Franzosen gesagt, dass ich Tänzerin sei, als die gefragt hatten, ob ich auch singen würde. Lustig, am Strand wissen ein paar wenige, dass Alain singt, gleichzeitig weiß kein Mensch, dass er Psychiater ist. *"Elle danse"*, hat er geantwortet. Stimmt so jetzt nicht ganz, aber ich kann ja mal gucken, wie das so ist, wenn ich schon das Image habe. *Noblesse oblige.* Zu magersüchtigen Zeiten hatte ich gar keine Kraft, jetzt tanze ich alle an die Wand. Ich stelle fest, dass ich die Musik höre, den Einsatz höre und alles läuft super. Natürlich MUSS ich das können, wenn ich ein Sängerfahrrad habe.

Zunächst aber muss ich Herrn Andreas O. für die Kunsttherapie begeistern. Kein leichtes Unterfangen. Ich habe da ein neuartiges Therapiekonzept entwickelt: es wird nicht auf Papier gemalt, es wird auf Steine gezeichnet. Die mehr oder weniger großen Kiesel lasse ich immer am Strand mitgehen. Malwerkzeuge sind Wedding und, was Männern nicht soviel Freude macht: Nagellack. Die Kunstwerke dürfen dann mit nach Hause genommen werden oder aber wandern irgendwo in den Klinikgarten. Natürlich anonym. Datenschutz wird ziemlich groß geschrieben. Dann warte ich auf Herrn O. und tippe derweil meine Einschätzung zu seinem Problem in den Computer: narzisstische Persönlichkeitsstörung, Alkoholabusus in der Vergangenheit, Bindungsängste und Bindungswünsche und eben die Magersucht. Dann klopft es an der Tür.

"Guten Morgen", flöte ich.

Andreas O. schlendert betont lässig herein. Ein Hauch von Karl Lagerwiese umhüllt ihn wie beim ersten Mal. Leider sieht er noch ausgemergelter aus, als das letzte Mal.

"Wie geht es Ihnen? Haben Sie sich schon eingelebt?" beginne ich mit der Sitzung.

"Es geht so, ist ja ein ziemlich irrer Haufen hier", antwortet Herr O. "Haben Sie schonmal die eingebildete Medikamenten-tussi gesehen? Die meint ja, jeder fliegt auf sie. Dabei ist sie viel zu fett. Ich finde Sie ja viel hübscher" grinst er anzüglich. "Aber Sie sind ja schon vergeben an den Franzo-sen."

Blöderweise werde ich rot. Wie kommt der denn auf so eine Idee. Wir sind doch sooooo diskret.

"Also, wir ziehen hier erstens nicht über Mitarbeiter und Patienten her und zweitens haben Sie keinen Anlass für Spekulationen. Es ist strikt verboten, etwas mit Patienten oder Kollegen anzufangen."

"Ich habe Augen im Kopf, immer wenn der kommt, werden Sie ganz komisch."

"Es geht hier nicht um mich, wir wollen heute mal etwas Neues ausprobieren", sage ich. Insgeheim ärgert es mich, das er das SEHEN kann, das mit Alain und mir, ande-rerseits freut es mich, dass er Janet Dick ebenso doof findet. Ich war ja mit Janet auf dem Gymnasium befreundet. Das hatte sich recht schnell gelegt, als sie anfing zu stre-ben, um Klassenbeste zu werden, was ihr nicht ganz gelang. Und dann ging es nur noch um ihre Schönheit. Da war viel Neid unnd Eifersucht mit im Spiel.

"Also, heute machen wir Kunsttherapie. Ich habe hier einen Stein, einen Wedding-Stift und ein paar Farben. Sie dürfen malen, was

Ihnen in den Sinn kommt. Ich gehe derweil ein paar Bücher holen."

Was übersetzt heißt, dass ich eine rauchen gehe. Vielleicht treffe ich ja Alain. Ich mache mich von den Socken und lasse den verdutzten Herrn O. zurück. Im Fahrradkeller pafft Alain, war ja nichts anderes zu erwarten. Ich verabrede mich mit ihm am nächsten Tag gegen 14.00 Uhr.

Als ich ins Büro zurückkomme, trifft mich fast der Schlag. Herr O. hat was gemalt. Seine Freizeitbeschäftigung. Ich fasse es nicht.

"Und, wie gefällt es Ihnen?"

"Was genau haben Sie sich dabei gedacht?

*Abbildung 5. Buschwi***er*

"Naja, ich sollte doch malen, was mir in den Sinn kommt. Da hab´ich gemalt, was ich am liebsten mag."

"Okay, Herr O., das mit der Handarbeit kann ich noch verstehen, aber das mit der Schwarzwälder Kirschtorte kauf´ich Ihnen nicht ab. Außerdem dürfen Sie die doch gar nicht mehr essen."

"Stimmt, aber früher mochte ich die gerne. Allerdings ohne Torte, nur den Kirsch".

Das war mir schon klar.

"Und, was machen Sie heute noch? Geht´s nach Frankreich zum schönen Chef?"

"Das darf ich Ihnen sowieso nicht sagen. Nein, ich werde heute Abend an meiner Doktorarbeit weiterarbeiten. Aber nun wollen wir mal interpretieren und analysieren, was Sie da gemalt haben."

Ehrlich gesagt habe ich keine Ahnung, was ich dem jetzt erzählen soll. Normalerweise malen die Männer immer Autos und die Frauen Barbies oder sowas Ähnliches. Vielleicht mal ein Tier. Oh, Herr, lass mir eine Idee kommen.

"Wissen Sie was, ich bespreche das Ganze mal mit dem Chef." Vielleicht in der Horizontalen? Aber das sage ich natürlich nicht. "Jetzt wünsche ich Ihnen noch einen schönen Abend. Es gibt Paella am Buffet". Dass der mal was isst, ist ja furchtbar, so ein dünner Mann. Und ich mache mich auf die Socken und fahre ins Ballett.

Ich amüsiere mich prächtig im Ballett, mache wundervolle *Cambré* Richtung Bartenheim nach Westen und lache mich halb tot mit einer Jamaikanerin, die mit einem Schweizer Bankdirektor verheiratet ist. Wir haben richtig viel Spass und gehen noch auf ein Glas Prosecco in die Stadt.

Als ich wieder daheim bin, schreibe ich mit Alain auf Nosejournal. Er will, dass ich zu ihm komme. Jetzt, gleich, sofort. Ich habe irgendwie keinen Bock, zu springen, ausserdem hat mich der Sekt müde gemacht. Ich schreibe, dass ich besoffen bin *"bourré"* und leider nicht Autofahren könne. Was schlichtweg gelogen ist, den von 1cl Prosecco wird man nicht besoffen. Gleichzeitig denke ich über den Schritt *"Pas de bourré"* im Ballett nach. Kommt das vom Gang der Betrunkenen?

Ich verabrede mich mit Alain am nächsten Tag gegen 14.00 Uhr.

13. War wohl nix

Ich habe frei und bin jetzt mal gespannt, Monsieur Bellini, was da noch kommt. Von mir kommt nämlich nichts. Du hast gesagt, Du gibst mir Bescheid, wenn Du daheim bist. Vor 14.00 Uhr würde das nicht sein. Und Madame Schuhmacher steht parat auf der Platte und sprintet los? Irgendwie doof. War auf ihn eigentlich Verlass? Im Moment belauern wir uns bei Nosejournal. Ich habe mir mal eine Deadline bis 15.00 Uhr gesetzt. Wenn dann nichts kommt, dann mache ich was anderes. Schön, Suchel-Maps behauptet 27 Minuten Fahrtzeit. Dann wäre ich um 15.30 Uhr dort. Wie lange war ich dort das letzte Mal? So ein paar Stunden. Dann müsste ich um 17.30 abhauen und hoffen, dass ich es ins Training schaffe. Blöd. Das wird nix. Also, um 17.00 Uhr abhauen, oder es sich zumindest vornehmen. Irgendwie auch egal. Aber: Ein Pessimist ist ein Optimist mit Erfahrung (hatten wir den schon?). Wahrscheinlich spielt er Spielchen. Ist vielleicht auch gesünder. Weil ohne Sattelschutz wird es nicht abgehen. Deadline 15.00 Uhr…ich mach mir zu viele Gedanken. Ja, das ist mein Job als Wissenschaftlerin. Waxen könnte ich noch…gute Idee…es ist jetzt 13.20 Uhr. 10

Minuten...ich hoffe, das Wachs ist warm genug.

§1: Marie hat immer recht. §2: Falls Marie mal nicht recht haben sollte, tritt automatisch §1 in Kraft. Um 13.35 Uhr hat er abgesagt. Der soll mich mal...am...äh, ich glaube, das wollte er. Besser so, besser so. Dann fahr ich halt zum Bauernhof. Und dann vielleicht zum Franzosenmarkt. Wenn ich grad Bock habe.

Grimmig ziehe ich mich an und springe in meinen schwarzen SLK. Den wollte er mir abkaufen. Für seine Mutter. Pah. Als erstes zum Bauernhof Meerboden in Efringen. Dort Frischmilch holen und Eier. Habe mir im Franzosensupermarkt eine eigene Milchflasche gekauft. Dunkle Wolken ziehen über dem Elsass auf. Ja, bei mir auch. Es hat acht Grad und es fängt gleich an zu regnen. Das Handy habe ich abgeschalten, und auf Nosejournal gehe ich vielleicht heute Abend mal wieder. Ohja, ich weiss mich zu beschäftigen. Irgendwie ist das auch alles ganz gut so. Queen singen im Radio "This could be heaven". Ja, könnte sein. Freddy Mercury ist aber an Aids gestorben. Der Kelch ging heute mal wieder an mir vorüber. Als ich am Bauernhof ankomme, fängt es zu regnen an. Ist doch mir egal. Ich hole die Eier. Dann die Rohmilch am Frischmilchautomat. Ich streichle eine Kuh im Stall, manche von ihnen sind auf der Weide.

Soll ich jetzt noch auf den Markt? Ja, warum nicht, mal sehn, was es da so gibt. Ich nehme die Autobahn ab Eimeldingen und bin ruckzuck über der Grenze. Die bauen gerade erst auf. Toll, es ist zehn nach Drei. Franzosen halt. Bei einem uralten Bauern kaufe ich eingelegte Sardinen, Oliven und in Weinblätter eingelegte keine-Ahnungs, sowie einen kleinen Käse. Bei einer hübschen Frau noch frische Spargel und Radiesschen. Petersilie gibt es gratis dazu. Alle können deutsch. Warum kann Alain eigentlich kein deutsch? Zu viel Fahrrad gefahren? Hä? Was der heute wohl zu tun hat? Andererseits, ich habe ihm gestern abgesagt, er mir heute. Wie Du mir, so ich Dir. Quid pro quo, Tit for Tat. Und: ich habe natürlich viel zu viel getan. Bilder geschickt, gemacht, getan. Als ob es kein morgen gibt. IMMER die Männer...der wird schon noch kommen. Ich schweige jetzt mal. Und um Christian Brayner zu ärgern hat es am Montag allemal gelangt. Ha. Und an meiner Doktorarbeit muss ich auch noch weiterschreiben. Ich entwickle einen neuen Test, aber mehr wird noch nicht verraten.

14. Halt die Klappe, Du blödes Pferd

Abitreffen 10 Jahre steht an. Ob Janet Dick auch kommt? Ich gehe mal in die Klinikapotheke und spreche sie an. Sonst mache ich meist einen Bogen ums sie. Aber, aus gegebenem Anlass fiel mir ein, dass wir früher, so als wir 13 oder 14 Jahre alt waren, mal zusammen am Rhein waren. Wir wollten uns nur sonnen, dann haben uns die Türken angebaggert. Dann haben wir gesagt, dass wir jetzt schwimmen gingen, und wir schwammen rüber auf die französische Seite. Dort hatten zwei Franzosen gegrillt und boten uns Steaks an. Wir mampften. Allerdings wollten die dann knutschen und mehr, und dann sind wir wieder in den Rhein gesprungen und zurückgeschwommen. Dort warteten aber wieder die Türken. Wir mussten mit nackten Beinen durch die Brennesseln rennen, um dann auf unseren Fahrrädern wieder heimzufahren.

Eigentlich war sie keine Freundin mehr, seit der achten Klasse. Da hatte sie nur noch gelernt und gestrebt, um Karriere zu machen…Die Jungs aus der Klasse nannten sie "Pferd". Interessant war, dass ihr Aufgaben lagen, die man AUSWENDIG lernen konnte. Mathematik war nicht ihr Ding. Und wenn ich mal eine bessere Note hatte als sie, dann meckerte sie: "Wie hast das jetzt hinbekommen." Also, ob ich so blöd wäre, dass sowas nicht machbar wäre. Ich weiß noch, dass wir in irgendeinem Schullandheim im Gang gestritten hatten, und als es mir zu bunt wurde, habe ich laut geschrieen: "Halt die Klappe, Du blödes Pferd." Die Jungs in ihrem Zimmer haben applaudiert.

Später wollte sie Model werden. Gut, Janet hatte ein tolles Gesicht, lange Beine, undsoweiter. Brünette lange Haare. Aber halt ein bisschen zu klein für ein Model. Achja, die Karriere: Sie hat ein Abitur mit 1,5 erstrebt, dann Biologie studiert, und jetzt hockt sie in der Medikamentenausgabe.

Ich klopfe an die Tür. Janet hat ein komisches Gewand an, unter dem sie wohl ihre Körperfülle verstecken will.

"Hi Janet, hast Du auch die Mail zum Klassentreffen bekommen? Gehst Du hin?"

"Hi, nö, wahrscheinlich nicht. Das waren doch alles Deppen. Aber was ich Dir mal sagen wollte: meinst Du nicht, dass Du ein bisschen angespannt wirkst? Geh doch mal zum Yoga…"

Die spinnt wohl. Gut. Nochmals von vorne. Brauche ich eine Therapie? Wer braucht eine Therapie? Mit Janet hat es seit 2002 nicht mehr geklappt. Ihre Mutter war eine aufgetakelte Frau, die nur nach Fahrrädern Ausschau gehalten hat. Ihre Eltern haben sich scheiden lassen. Ich habe später verstanden, dass Janet dieses Drama nicht mitmachen wollte, und deswegen so viel gestrebt hat. Und auf soziale Kontakte weitgehend verzichtet hatte. Nach dem Abi sagte sie zu mir: "Juhu, jetzt fängt das Leben an".

Aha. Ich hatte vorher schon ein lustig Leben, und das Abitur habe ich halt "nur" mit 2,0 bestanden.

Irgendwie ärgert mich das, allerdings: Wen ich zu Schulzeiten doof fand, den find ich mit $p < .05$ immer noch doof. Jetzt werde ich mich erst einmal selbst therapieren. Ich finde ein altes Foto von Janet und mir und male es ab. Das macht Spaß. Ich muss es nur verschwinden lassen, wenn der nächste Patient kommt. Und wenn ich mir mein Gemälde genau anschaue, habe ich den Lotus von Alain über den Fuss von Janet fahren lassen. Autsch. Alles ganz unbewusst.

Abbildung 6. Meine "beste" Freundin

15. *Fly-away-from-Idioten-Airline*

Ich bin aufgeregt. Es ist schönes Wetter, und ich habe Alain schon lange nicht mehr "privat" getroffen. Ich weiß mittlerweile, dass er noch eine Ex namens Alexandra hat, die anscheinend vollkommen bekloppt ist und ab und an noch Probleme macht. Ich habe die mal im Nosejournal gestalkt: echt eine Hübsche, da kann man nichts sagen. Und natürlich jünger als ich. Und wenn er jetzt mit der da ist? Ich habe so eine dunkle Ahnung. Kann mir doch egal sein. Dann kann ich die wenigstens mal angucken. Dort trägt man meist nicht Prada.

Mein Styling: Ballett-Chignon, da Haare nicht gewaschen nach dem Ballett am Vorabend. Grüne Bermudas, irgendein Designer, Uta Raasch. Weisse Bluse meiner Mutter, gefälschtes Chanel-Tuch.

Es ist arschkalt, als ich am Strand aufschlage. Christian Brayner (mein Ex von letztem Jahr) ist schon da, und noch ein anderer. Toll. Wann kommt Alain? Kommt Alain? Ist mir doch egal. Ich habe das Buch "*Vollopfer*" dabei. Dann kann ich mich ablenken. Falls da was wäre. Planung ist die halbe Miete.

Irgendwann kommt Danny, der Künstler. Definitiv KEIN Professor. Das Gelaber wird lauter. Ich habe Hunger. Ich biete Danny von meinem am Vortag gebackenen Gugelhupf an, weil er mal gemeckert hatte, dass die Deutschen keinen Hefeteig machen könnten. Er findet ihn gut. Auch der andere Typ probiert, und, ich bin ja nicht so…Christian kriegt auch ein Stück. Alle finden den Kuchen gut.

"Bring mal einen mit, wir bringen dann den Riesling" Jaja. Dann die Sonne auf die Birne prallen lassen und hinterher Autofahren. Kommt sicher gut. ODER man muss Polizeihilfswissenschaftler mit viel, viel ODER überreden.

"Ich hab mich erboten, einen Kuchen für das Taekwon-do Trainingslager in drei Wochen zu backen. Aus gegebenem Anlass habe ich mal den Gugelhupf probiert".

Ich glaube, Alain kommt nicht mehr. Egal. Ich lese, schwimme und lache, bastle eine Sonnenuhr.

"Was liest denn da, Marie?", fragt Christian Brayner.

"Ein Buch".

Unflätige Handbewegungen der Herren. Ich erkläre das genauer. Welches Buch, warum und wieso.

"Das nächste Buch heisst Kreisverkehr"

"Da geht's sicher um Sex, das ist nix für Dich, Marie"

Das war Danny. Ich würde am liebsten sagen, Du phallusgesteuerte Nanoexistenz…etceterapepe, lasse es aber sein. Reden ist Silber, Schweigen ist Gold. Irgendwie aber doch nicht schweigen.

Irgendwann kommt Christian und meint, er müsse mir den Rücken einölen. Na, von mir aus. Als es mehr als Rücken wird und es sich nach Wiederholungskurs anfühlt, muss ich blocken. Danny quengelt, ich solle mal den Kopf frei bekommen, und geniessen und mich nicht immer hinter meinen Büchern verstecken.

"Lesen gefährdet die Dummheit", blöke ich.

Ich kann aber nicht in die Vorlesung zu Christian, wenn ich in die von Alain will. Ausserdem finde ich Vorlesungen im Freien mit Gaststudenten doof. Schlussendlich reden wir (Christian Brayner und ich) über Kindesmissbrauch, die Made und über Psychologie.

Danny lauert immer noch auf eine Fortbildungsshow. Irgendwann schmeisst er ein Päckchen Zigaretten rüber. Ich schlage es ab, und haue es Christian auf die Schulter.

"Manuel Neuer wirste nicht", sagt Danny.

Mir mehr oder weniger egal.

74

"Was soll ich jetzt mit den Kippen?"

"Du hast doch keine mehr, und die vom Christian liegen hier."

Aso. Ich nehme mir eine und werfe die Packung wieder zurück. Vielleicht müsste man jetzt mal über Nikotinabusus nachdenken, ist aber gerade der falsche Zeitpunkt.

"Danke", und dann flöte ich hinterher:

"*J'ai oublié les rêves et les merci*, oder wie war das?" Alain ist nämlich ein musikalischer Lehrer der französischen SPRACHE, trällert nach den Vorlesungen gerne mal ein Liedchen, und als ich die Texte von Johnny Hallyday gefunden hatte, die er immer singt, Habe ich mein Französisch erheblich aufgefrischt.

Als meine selbstgebaute Sonnenuhr ungefähr 15.00 Uhr zeigt, springe ich ins Wasser, packe mein Zeug, drehe meinen Chignon wieder zusammen, den ich vorher gelöst hatte (Lernkurve, das geht jetzt ganz gut, sogar blind). Ich laufe langsam zum Parkplatz. Schade, dass Alain nicht da war.

"Für welche Airline fliegst Du?" hatte Danny am Anfang gefragt. Am liebsten hätte ich gesagt für die Airline "*Flyawayfromidiots*". Und ob ich wüsste, wo Bartenheim ist. "Ja, ich weiss wo dort die Kirche ist", sage ich und schenke ihm mein schönstes Lächeln. Alain Bellini wohnt in der Kirchstrasse. Bis man dahin gelangt, massenhaft Kreisverkehr.

Irgendwie wollte ich mit meinem Steward-essen-Look vorher so aussehen, als ob ich entweder direkt von Bartenheim gekommen wäre, oder als ob ich da jetzt noch hingehen würde. Der Brayner ist immer noch nicht fertig bearbeitet und ich mache ihn gerne eifersüchtig. Am liebsten wollte ich natür-lich Alain beeindrucken. Aber so tun als ob, ist fast genauso gut. Die *Rêves* habe ich sicher nicht vergessen.

Leider fliegt die Nummer auf, denn ich sehe Alains alte Tarnkiste auf dem Parkplatz. Die letzte Mühle, mit der fährt er ab und zu herum. Ansonsten standen da bei ihm auf dem Hof und in Garage Lotus, Cobra, Jeep und gefühlt tausend Motorräder. *Merde*. Jetzt hab ich den verpasst. Der muss gerade gekommen sein, als ich gegangen bin. Und da er ein bisschen faul ist, läuft er lieber durchs Gebüsch. Ich lieber Muscheln und Steine mopsend vorne herum. Soll ich jetzt hinterherrennen? Nein. Hau ab Marie, und zwar schnell. *Fly away*. Der alte schwarze SLK-Jet wartet nicht.

Es hätte auch gar nicht mehr gereicht, mit Taekwon-do Training und allem. Allerdings "musste" (wollte) ich ihn, den Alain meine ich, noch informieren, dass ich auf die Fra-ge vom Danny, ob ich denn wisse, wo Bar-tenheim sei, nur geantwortet habe, dass ich wisse wo die Kirche ist. *Rien plus*. Da wird nämlich sehr viel geredet, da am Rhein. Wer sich mit wem Fahrrad fährt oder sich in einer bestimmten Hinsicht fortbildet...und in welcher Form.

Abends nach dem Taekwon-do schreibt Alain mir dann, dass er mich von weitem gesehen hätte. Er sei mit der schönen Alexandra da gewesen. *Mon Dieu*. Ich habe es doch irgendwie gerochen. Ich locke ihn noch ein bisschen mit einem Nacktbild aus Gran Canaria und einem Foto von meinem Elsässischen Gugelhupf. Jetzt kriegt er die Krise. Kochen und Backen wie Mama? Oder Vorlesungen? Oder Alexandra. Und wie beim Alkoholiker: Schlag noch die Hälfte drauf, von dem was er Dir erzählt. Oder doch Bulimie? Die fressen nicht so viel wie sie erzählen. Krieg ich das noch raus? Will ich das? Nö. *"Et qu'on m'enferme un an pour rêver à des femmes"* Hä? Ein Jahr? Das langt nicht...bei dem nicht. Never ever. Und jetzt habe ich endlich kapiert, dass *"Attends, je te réponds plus tard"* bedeutet, dass gerade eine andere Radlerin da ist. Frage an die Mediziner: Wieviel Sattelschutz braucht es in Fahrradrennen? Ich bin da sehr streng. Die Professoren sehen das allerdings nicht so gerne, sie können einen dann nicht so gut verstehn...

Und jetzt unbedingt das Buch "*Kreisverkehr*" organisieren. Dieser Hepp ist ja ein
Schwerenöter, *mon Dieu.*

16. Klinikalltag

„Du weißt aber schon, dass das nicht raus-kommen darf, mit Dir und dem Chef", sagt Catherine, als wir im Fahrradkeller rumste-hen.

„Es ist ja nicht wirklich was, er ist so un-durchsichtig und geht ab und an noch mit seiner Ex an den Strand", jammere ich zwi-schen zwei Zigarettenzügen. „Aber Du hast recht, selbst mein bescheuerter Patient, der Herr O. hat Lunte gerochen. O Shit, den habe ich jetzt gleich. Mal sehen, was er wieder für Sauereien malt."

Ich verabschiede mich von Catherine und flitze in mein Büro. Den Alain habe ich schon lange nicht mehr gesehen. Na, dann auf, zu Herrn O. Während ich mein Büro aufschließe, sehe ich Herrn O. aus dem Bü-ro von Alain kommen? War gerade Visite? Visite in der Psychoklinik sieht so aus, dass der Patient zum Chefpsychiater geht. Aber der O. kann gar kein Französisch, folglich müsste der beim Stiebitz in Behandlung sein und nicht beim Bellini. Und außerdem ist Visite immer nur vormittags und nicht am späten Nachmittag. Komisch. Ich sehe noch, wie Herr O. etwas in seiner Hosenta-sche verschwinden lässt, dann kommt er auf mich zu. Durchsuchen darf ich ihn natürlich nicht.

„Mahlzeit", blökt er.

„Guten Tag, Herr O., was haben Sie denn im Zimmer von Dr. Bellini gemacht?"

„Nichts, ich habe ihn gar nicht angetroffen. Ich wollte ihn fragen, ob er mir Nachhilfe in Französisch erteilt. Ich habe das mal auf der Schule gelernt, aber lange nicht genutzt."

„Ihnen ist aber schon klar, dass wir keine Volkshochschule sind?" Gleichzeitig wundere ich mich, dass der Bellini sein Büro offen gelassen hatte. Während ich Andreas O. in mein Büro geleite, sehe ich aus dem Augenwinkel Janet Dick durch den Gang rollen. Was macht denn die jetzt schon wieder hier? Keine Ahnung, ich muss jetzt mit der Therapie beginnen. Ich muss gestehen, der Herr O. langweilt mich gewaltig. Immer der gleiche Mist. Aber die nächste, die kommt, ist auch nicht besser. Ich frag mich, warum immer ich die Idioten abbekomme. Frau Roswitha Z. ist 70 Jahre alt, blond gefärbt und auch zu dünn. Soll sie sich doch mit dem Herrn O. zusammentun, dann können sie gemeinsam hungern. Sie wurde auch mit einem Alkoholpegel von 2,5 Promille eingeliefert und ist mittlerweile wieder nüchtern.

„Guten Tag, Frau Z. Ich bin Frau Schuhmacher, Ihre Psychologin. Nehmen Sie doch Platz, damit wir uns besser kennenlernen können. Immerhin werden wir ein paar Wochen miteinander arbeiten."

„Waaas? Wochen? Ich bin doch wieder nüchtern und kann jetzt dann heimgehen. Das Schwimmbad in Lörrach macht bald auf, und ich muss dort jeden Morgen um 9.00 hin, um meine Bank zu reservieren."

Hilfe. Dunkel kommt mir die Dame bekannt vor. Zu den Zeiten, als ich auch in dieses Schwimmbad gegangen bin, um zu trainieren wie eine Irre. Die lag doch immer unter einem Baum mit ihrem Mann. Aufgedonnert und mit Klunkern behangen bis zum Gehtnichtmehr.

„Jetzt erinnere ich mich an Sie. Wie geht es denn Ihrem Mann?"

„Mein Mann ist letztes Jahr verstorben."

„Oh, mein Beileid."

„Aber ich habe einen neuen Freund. Er ist Schweizer, und Arzt, und reich und spielt Golf."

„Schön für Sie. Erzählen Sie mir, was Sie hierher führt. Sie haben ja nicht aus Versehen so viel Alkohol konsumiert."

„Ja, wissen Sie, mein neuer Freund ist jetzt in St. Tropez bei seinen Kindern, und mich hat er nicht mitgenommen. Außerdem ist er so lahm im Bett."

Urgs. Hallo, die Alte ist 70? Hört das nie auf? Und überhaupt, wirklich intelligent ist sie auch nicht. Ich erinnere mich, dass sie mich im Schwimmbad mal blöd angemacht hat, warum ich denn so ewig studieren würde. Ich solle doch was Gescheites lernen und arbeiten. Als ob die Tante was arbeiten würde. Ich kriege gleich einen Hals. Aber offenbar scheint sie mich nicht zu erkennen, denn damals war ich wie gesagt 12 Kilo leichter und magersüchtig. Ohje, wenn die den Alain sieht…

17. Macron und Merkel in Berlin (Zeitung), 15. Mai 2017

Ich gammle abends am Rheinstrand herum und lese irgendeinen psychologischen Artikel.

Eigentlich warte ich auf Alain. Andererseits ist diese Lektüre auch interessant. Christian Brayner labert dumm rum wie immer. Danny ist auch da.

Irgendwann bin ich völlig vertieft, und mir tippt jemand auf meinen Sonnenhut. Alain ist gar nicht gut drauf. Er sagt *"Bonjo*ur" und wandelt wieder von dannen. Hä? Und nun?

Ich springe ein bisschen im Wasser herum, schwimme, und dann halte ich es nicht mehr aus. Ich gehe. Ich will wissen wo der ist. Vom Wasser her konnte ich es nicht sehen. Ich weiss, dass ich von der Wissenschaft abkomme und mich von den Hormonen regieren lasse (Dahlburger, 2016, live). Kann ich jetzt auch nichts dafür. Ich schleiche über die Steine, Hut in der Hand, ein getupftes Fliegenpilzkleid an. Dann sehe ich ihn. Er sitzt am oberen Rand der Schwellen und betet sein Handy an. Irgendwo muss da voll der Stress sein.

"Tu veux un croissant?" Ich hab ja noch eines. Und Kaffee. Mit Speck fängt man Mäuse, mit Mampf Muttersöhnchen. Erst kommt das Fressen, dann die Moral. Irgendwie ist das so bei den Franzosen. Nach dem Essen sollst Du rauchen...oder...

Sein Handy bimmelt und es kommen Messages ohne Ende. Entweder klingelt es oder es piepst. Einfach mal abschalten? Gar nicht mitnehmen?

Der Fluss glitzert in Grün- und Blautönen. Die Sonne strahlt herab, einzelne Wolken am Himmel, grüne Bäume gegenüber in Frankreich. Alain knutscht an meinem Arm und ich beisse ihn in den Rücken. Das Telefon interessiert nun keinen mehr. Es hat keine Leute hier, und wahrscheinlich bekomme ich noch den Sonnenbrand auf dem Hintern.

Wie geniessen die Sonne, wir geniessen das Leben. Es ist wunderschön, warm, sonnig, glitzerndes Wasser. Harte Steine. Ich erhalte einen blauen Fleck auf dem Rücken, den ich eine Woche grinsend betrachten werde. Ich habe meinen Traummann gefunden. Für wie lange, kann ich nicht sagen. Ich bin glücklich.

C'ést le Bonheur.

Später gehen wir noch ins Wasser.

Alain küsst mich zum Abschied auf den Mund*: "A bientôt"*

Im Sommer 2017 fand ich ein Fahrrad…

18. *Je te voix plus tard*

Es gibt ja immer noch eine Steigerung. Zwei Tage später schlage ich wieder nach Feierabend am Strand auf. Ich bin erkältet wie nochmal was und habe mich durch den Arbeitstag gerotzt. Aber das Wasser ist warm…Also 15 Gad, meinte einer. Ich packe meinen Kram aus, beobachte die Gegend. Glitzerndes Wasser. Wunderschön. Alain kommt immer etwas später. Eine kurzhaarige Blonde um die 30 mit toller Figur sitzt auch da. Hat ihr Hündchen mitgebracht. Ohje, das wird gefährlich. Christian versucht, sich an die Blonde ranzumachen. Sie wohnt auch in Brombach. Scheint Bedienung zu sein, und sie lässt sich die Lippen immer aufspritzen (?). Jedenfalls ist sie nett, für meinen Geschmack etwas zu tätowiert, und so wie ich das erlausche, ist sie mit Bernard Fahrrad gefahren. Einen Freund hat sie auch.

Irgendwann wird mir das Gelaber von Christian zu laut. Danny ist auch noch hinzugekommen. Mir ist heiss, und ich kann nicht die ganze Zeit in der Sonne braten. Ich verabschiede mich und sage, dass ich in den Schatten muss. Ich finde ein Plätzchen neben dem Ex-Opernsänger, einen Freund von Alain, wo ich den Strand im Visier habe, und trotzdem ins Wasser kann. Ich lese. Dimensionen der Psychiatrie (Folkerts, Schonauer & Tölle, 1999). Bissel oll, habe ich auf dem Flohmarkt für 3 Euro gekauft. Aber interessant.

Dann kommt Alain. Küsst mich auf den Mund, plappert was, und sagt:" *Je te voix (veux) plus tard*". Er latscht an den Strand. Hat mich genau im Visier. Ich sehe seinen Rucksack, ich sehe ihn wandern. Es hat fast 30 Grad.

Um 14.00 Uhr sehe ich nur noch seinen Rucksack. Um 14.20 ist er wieder da. Raucht, schwimmt. Ich muss weiter in den Schatten ziehen. Und plötzlich ist der Rucksack weg. Ich laufe nochmals zum Strand, um zu schwimmen. Dort kommt man besser rein. Lege wie vorher meinen Hut und die Sonnenbrille und die gelbe Bikinihose dahin. Alain ist fort, und die Blonde aus Brombach mit dem Hund namens Emilia auch.

Es tut so verdammt weh. Weiss der denn nicht, wie er mich verletzt? Und bin ich nicht wieder am gleichen Punkt wie damals? Diese gelangweilten Typen um die 30. Sie sind furchtbare Muttersöhnchen. Als ob es morgen nicht mehr geht. Das Fahrradfahren. Und es könnte ja noch ein Besseres Fahrrad kommen. Gut, dann fahr mit der Blonden und ihrer aufgespritzten Lippe. Die kann sicher besser aufpumpen als ich. Eklig finde ich nur, dass die auch mit Bernard...

Lustig allerdings finde ich, dass Alain schon wieder dem Brayner die Braut geklaut hat. Der war nämlich auch schon an der Blonden dran...

Ich muss hier weg. Verabschiede mich vom Opernsänger auf Französisch. Spreche mit einer Argentinierin spanisch. Grosses Durcheinander. Wenn es über 30 Grad geht, kommen die Bekloppten. Ohne mich. Auf dem Rückweg begegnet mir noch ein Spanner, der gierig glotzt.

Ich fahre noch Cabrio auf den Markt nach Frankreich. Der Alte mit den Oliven wünscht mir wie immer eine *"Bonne soirée"*, die Damen vom Gemüsestand *"Bonne Après Midi"*, und der Käsehändler schenkt mir noch einen Käse dazu. Ich muss hier weg. Ich bin traurig. Ich bin am gleichen Punkt wie letztes Jahr. Ich vernachlässige die Wissenschaft und stürze mich ins Fahrradfahren.

19. Touch me

Ich fahre wie immer abends zum Rhein und freue mich. 33 Grad sind für den heutigen letzten Montag im Mai 2017 gemeldet. Es ist mir sowas von egal, ob Alain kommt. Ich habe ihm geschrieben, dass ich von 17.00 Uhr bis 18.00 Uhr da sein werde. *Peut-être*, kam zurück. Voll der Spinner. No Bock, oder was? Keine Verpflichtungen? Hä?

Das Wasser hat mittlerweile 20 Grad, und es ist super angenehm zum Schwimmen. Auf dem Hinweg treffe ich noch den Opernsänger. Der kann ja Deutsch. Der ist zweisprachig, hat er nie gezeigt.

"Och, ich fand das immer so süss, mit Dir französisch zu sprechen." Ahja.

Christian ist auch noch da, und wir haben gelernt: Es hört auf. Die Typen balzen und labern einen feuchten Kehricht, kein Unterschied zu den kleinen Kindern im Trainingslager am Herzogenhorn. Mir alles egal. Mir alles egal. Mir alles egal, bis Alain kommt. Und mich wieder rumkriegt. Wie immer.

Alain schliesst die Augen und geniesst. Ich geniesse es auch. Die Zuschauer geniesse ich nicht so, dafür habe ich aber meine blonden Haare, die ins Gesicht hängen. Ich rieche Salbei, sehe gleichzeitig nur Brennesseln. Die Sonne glitzert durch die Bäume...

Danach laufen wir wieder an den Strand. Springen ins Wasser, um die ganzen Waldblätter und sonstige Spuren zu beseitigen. Es ist mittlerweile 18.30 Uhr, und ich habe irgendwie auch keinen Bock, zu gehen. Alain möchte sein Haus streichen und Farbe kaufen, gleichzeitig ist es so heiss, und keiner hat Lust. Alain findet, dass man in Weil am Rhein noch ein Eis essen gehen könnte. Das finde ich eine gute Idee. Überstürzt brechen wir vom Strand auf, was Christian Brayner natürlich verärgert.

Alain fährt mit seinem Jeep voraus und hüllt mich in eine Staubwolke. Gottseidank habe ich das Dach nicht geöffnet. Eigentlich nur aus Mangel an einem Haargummi, der vermutlich zu unterst in meinen Rucksack gewandert ist. Es war besser so. Alain findet einen genialen Schleichweg über Märkt, und wir landen im Eiscafé, in dem wir schon früher zu Gymnasiumszeiten in den Freistunden verbotenerweise Milchshakes geschlürft haben. Der Kreis schliesst sich immer wieder. Ich esse Ananas-Becher, er Kiwi-Becher. Er küsst mich zum Abschied auf den Mund und auf die Wange. "*A bientôt*". Auf der Hauptstrasse, wo ich vor 10 Jahren Modenschau gelaufen bin. Ich war nämlich mal Hobby-Model. Im Schwimmbad in Weil entdeckt, und einmal im Jahr, zum Erlebnissamstag im Frühjahr, wurde die neue Bademode vorgeführt. Ich und ein paar andere wurden immer engagiert, und wir hatten meist einen Riesenspass.

Später schaut er sich noch was im Sportgeschäft an, und ich verloche mein letztes Bargeld in ein Mini-Wörterbuch. Kann ja nicht schaden. Auf Höhe der Altweiler Kirche habe ich den Jeep wieder hinter mir. Er biegt links ab, ich fahre gerade aus.

20. *Generalprobe und Konzert*

"Ich fahre nach der Arbeit nach Saint Louis, Fisch kaufen", erkläre ich Alain in der Rauchpause im Fahrradkeller. "Komm hinterher zu mir, einen Kaffee trinken", meint Alain. Okay? Gerne, jawoll, ich komme...Hatte ich schon erwähnt, dass ich ihm nicht widerstehen kann?

Er steht unten vor seinem Kellerwohnungseingang und futtert Paella. Ich trage einen schwarzen Flamencorock und den roten Ledermantel von Mama. Er gibt mir ein Hühnerbein, dann schleppt er mich ins Obergeschoss, welches komplett leer ist. Immerhin hat der die Küche gestrichen. Ich habe es ja nicht geglaubt. In einem Raum befinden sich zwei Barhocker, Verstärker, Disco. Und er fängt an.

Huch. Ich sitze auf meinem Hocker, versuche zu denken. Singende Psychiater? Geballte Männlichkeit. Er hat die Gitarre um. Falle ich ich jetzt gleich vom Hocker? Nein. Er raucht und singt. *"Ne me quitte pas"*

Und fängt fast an zu weinen. *Cheri*, ich werde Dich nie verlassen, ich möchte so schnell wie möglich ins Bett mit dir. Irgendwie singt der aber nur. Er singt die Songs von Johnny Hallyday. Dieser ist ein französischer Sänger, Songwriter und Schauspieler. In den 1960er-Jahren wurde Hallyday mit in französischer Sprache gesungener Rockmusik bekannt. Er wurde vom Musikverleger Jacques Wolfsohn entdeckt und von der Plattenfirma Disques Vogue unter Vertrag genommen.

*Welcome to the Hotel California…*boahhh. Da er den Text nicht kann, und ich leise vor mich hinsinge, halt er mir das Mikro hin. Oh nein, dazu brauche ich definitiv Alkohol oder psychotrope Substanzen.

On a dark desert highway, cool wind in my hair
Warm smell of colitas, rising up through the air
Up ahead in the distance, I saw shimmering light
My head grew heavy and my sight grew dim
I had to stop for the night
There she stood in the doorway;
I heard the mission bell
And I was thinking to myself,
'This could be Heaven or this could be Hell'
Then she lit up a candle and she showed me the way
There were voices down the corridor,
I thought I heard them say…

Welcome to the Hotel California
Such a lovely place (Such a lovely place)

Such a lovely face
Plenty of room at the Hotel California
Any time of year (Any time of year)
You can find it here

Her mind is Tiffany-twisted, she got the
Mercedes benz
She got a lot of pretty, pretty boys she calls
friends
How they dance in the courtyard, sweet
summer sweat.
Some dance to remember, some dance to for-
get

So I called up the Captain,
'Please bring me my wine'
He said, 'We haven't had that spirit here
since nineteen sixty nine'
And still those voices are calling from far
away,
Wake you up in the middle of the night
Just to hear them say...

Welcome to the Hotel California
Such a lovely place (Such a lovely place)
Such a lovely face
They livin' it up at the Hotel California
What a nice surprise (what a nice surprise)
Bring your alibis

Mirrors on the ceiling,
The pink champagne on ice
And she said 'We are all just prisoners here,
of our own device'
And in the master's chambers,
They gathered for the feast
They stab it with their steely knives,
But they just can't kill the beast

Last thing I remember, I was
Running for the door
I had to find the passage back
To the place I was before
'Relax,' said the night man,
'We are programmed to receive.
You can check-out any time you like,

But you can never leave!' -

Was für eine geile Generalprobe. *Merde*, ich bin verliebt in ihn. Den Text werde ich noch auswendig lernen. Wer weiss, was in Mulhouse passieren wird. Dort wird er nämlich morgen in einer Bar singen. Ich hoffe ja nur, dass keiner von den Patienten oder Ex-Patienten oder Kollegen dort auftauchen wird, dann wären wir geliefert.

Dann, huh, die Zeit verrinnt. Er muss nach Mulhouse, das Zeug für das Konzert morgen richten. Mist, ich würde so gerne mit ihm radfahren, aber es geht jetzt einfach nicht. Ich haue ab, kaufe den Fisch in Saint Louis, und gehe noch auf den Markt nach

Palmrain. Dann backe ich drei Stunden Gugelhupf und bin etwas angeheitert, weil ich die Kirschwasserrosinen teste und den Rest trinke.

Am nächsten Tag, es ist wieder ein knallheisser Junitag mache ich mich abends auf nach Mulhouse zum Konzert. Zum Glück ist Freitag und morgen keine Arbeit. Ich bin leicht irritiert, weil der Danny mir am Rhein erzählt hat, das Alain bisexuell sei und alles f***en würde, was nicht bei drei auf dem Baum sei. Nichtsdestotrotz habe ich mein königsblaues Abschlussballkleid herausgekramt, weil dieses eine Petticoat-Form hat, was mir am passendsten zur Musik erschien. Das Kleid hat weisse Pünktchen und einen bauschigen Rock. Um den Hals trage ich meine Perlenkette, im Haar eine rosa Nelke, dazu High Heels in königsblau. In meinem Körbchen befindet sich der Gugelhupf, am Henkel habe ich ein blaues Schleifchen aus dem gleichen Stoff wie das Kleid befestigt.

Ich irre mal wieder durch Frankreich, Mulhouse finde ich. Wo ist nun die *Bar l'Atelier?* Es ist heiss wie im Hochsommer an diesem Junitag, ich schwitze wie ein Affe. Endlich finde ich die Strasse, weiss aber noch nicht wo ich parken soll. Ich halte mal an und schaue mich um.

96

"Madame, vous êtes magnifique", sagt eine wildfremde braune Frau, ich nehme an aus Algerien, zu mir.

Dann erscheint Alain ZUFÄLLIGER-WEISE mit zwei Kumpanen, wir parken das Auto irgendwo an den Strassenrand (hoffentlich ist es nachher noch da) und gehen in ein libanesisches Restaurant. Das war zwar nicht geplant, gleichzeitig ist das eine gute Idee. Wir lassen uns auf der Terrasse nieder und futtern wie man im mediterranen Stil futtert: einen Haufen Zeug auf den Tisch, jeder nimmt sich von jedem. Es ist laut und lustig. Ich trinke zwei Bier. Das sollte reichen, ich muss ja noch fahren. Dann geht Alain und ich bleibe mit dem Barbesitzer noch ein bisschen sitzen. Er ist eigentlich Italiener und hat eine krebskranke Tochter, erzählt er mir. Danach bezahlt er das ganze Essen und wir begeben uns ebenfalls zur Bar.

O my God. Alle glotzen mich an. Alain ist voll in Action, und ich muss erst mal einen Mojito einwerfen, obwohl das wohl zu viel sein wird. Ich hoffe, dass er endlich einen Song bringt bringt, den ich kenne. Die Bar ist dunkel, an den Wänden hängt "Kunst", Marilyn Monroe im Warhol-Stil, Mick Jagger und anderes. Es gibt sogar noch eine Discokugel. Manche Frauen gucken mich sehr komisch an. Daran werde ich mich noch gewöhnen müssen. Das ist nämlich alles ziemlich neu für mich. Gut, ich bin gross, aber jetzt, als Alain mich immer zum Essen "gezwungen" hat, bin ich auch etwas kurviger. Immer noch sehr schlank, aber mit Kurven. Selbst einen Busen habe ich. Ich überlege, was die Leute denken, obwohl mir das egal sein sollte. Ich bin schliesslich das aktuelle Fahrrad des Stars (oder eines davon), und das koste ich aus. Gut, dass Alexandra nicht da ist. So bin ich definitv die Schönste und die Maitresse von Alain! (es gibt schlimmere Schicksale, harhar)!

Irgendwann kommt einer, den ich aus der Sauna in Weil kenne, ein Franzose, der sicherlich über 70 Jahre alt ist. Der hat früher immer zu den anderen Franzosen gesagt, dass ich alles verstehen würde. Vor Alain gibt er an, dass er mich schon 10 Jahre kennen würde und vor mir gibt er an, dass er Alain schon als kleinen Knirps gekannt hatte.

Und dann geht es richtig ab. Rock′n roll, Twist…whatever. Tanzfläche gibt es zwar keine, für zwei Personen, mich und dieser Roland, ist gleichzeitig immer Platz. Wir rocken die Bar, und es ist mir schei*egal, was die Leute denken (naja, fast). Twisting by the pool, Swing and Jive. Ich kann alles (fast). Alain singt und macht, ich tanze und hüpfe. Mittlerweile barfuss. Die High Heels taten doch zu weh und wurden unter die Bar gekickt.

"C'est ma copine du Rhin. Elle est psychologe" erzählt Alain allen in der Pause, als wir draussen rauchen. Es ist super lustig. Gleichzeitig nagt an mir die Gewissheit, dass Danny doch vielleicht recht hatte. Dass der wirklich bi ist. Und alles beglückt, was nicht bei drei auf dem Baum ist. Ich werfe noch ein paar Mojitos ein, und dann kann ich definitiv nicht mehr fahren. Um Mitternacht ist das Konzert zu Ende. Ich befinde mich mittlerweile hinter der Bar und schneide den Gugelhupf an. "Sie lehnen sich aber weit aus dem Fenster, wenn Sie den Elsässern Gugelhupf mitbringen", hatte mein Nachbar noch gesagt. "Ach, was, ich kann das", habe ich angegeben. Und dann probiere ich das erste Stück und erstarre vor Schreck. SALZIG. Bäh. Alle anderen Gugelhüpfe hatte ich vorher probiert, nur dieser sollte extra schön sein. Mist.

"Madame, c'est trop salé", blökt die eine, die mich immer so komisch angeschaut hatte und freut sich offensichtlich, dass sie einen Fälller an mir gefunden hat. Den Männern ist das wurscht, die mampfen. Mir ist das sowas von peinlich. Am Schluss parkt Alain mein Auto in ein Parkhaus, und ich verbringe die Nacht in Bartenheim.

Am nächsten Morgen, als ich mit dicker Rübe aufwache und verzweifelt nach Frühstück Ausschau halte, was es natürlich nicht gibt, weil die Franzosen ja nie frühstücken, schütte ich mir ein paar Gläser Wasser rein, springe unter die Dusche und lasse mich von Alain wieder nach Mulhouse bringen. Irgendwie habe ich Lust, nach Hause zu gehen und was Gescheites zu essen und mich anständig zurechtzumachen. Das Wetter ist nicht mehr so schön, es ist warm, bewölkt und schwül. Ich verabschiede mich von Alain, er sagt wie immer *"A bientôt"*, und ich habe keine Ahnung, wann das sein soll. Also, in der Klinik, klar, aber privat? Als ich in meinem Abendkleidchen daheim ankomme, glotzen die Nachbarn mal wieder nicht schlecht aus den Fenstern. Mir auch egal. Ich bin froh, dass ich daheim bin und beschliesse, einen Spaziergang zur Burg zu machen. Ich esse im Biergarten einen Salat und beschliesse, auf den Turm zu steigen. Und wer kommt auch? Die Schwester von Mareile? Mareile ist auch so eine Tussi, erst 24, sehr hübsch mit guter Figur. Verkäuferin im Supermarkt. Irgendwann hatte Alain mal was erwähnt, dass diese wirklich bi sei und mit jedem oder jeder rummacht, bzw. Rummachen lässt. Anscheinend wollte sie ihn nicht, weil er zu alt sei. Er hätte bezahlen sollen. Ich weiß jetzt nicht, ob das ein Witz war, aber seitdem denke ich immer an *"pute"* (Nutte), wenn ich sie sehe.

"Sind Sie die Schwester von Mareile?" frage ich?

"Ich bin Mareile", grinst diese. Sie ist mit ihrem "Lover" unterwegs und ich erzähle ihr vom Konzert.

"Er hat mir geschrieben, ich solle auch kommen", sagt sie. Na toll.

Und was war das für eine Nummer, als er damals frustriert allein am Rhein sass, meines Erachtens unser schönstes Beisammensein, "Isch bin eine grosse Arrrschloch?"

Ich habe jetzt das ganze Wochenende auf Alkohol verzichtet. Ich versuche in mich hineinzuspüren, was geht. Liebe ich ihn? Bin ich verliebt? Auf Dauer könnte ich ihn nicht aushalten. Ich glaube, er wollte mich auf Dauer. Das würde keine zwei Tage gutgehen.

Oder liebe ich es, das Groupie zu sein. Den Narzissmus in mir, die Freundin vom Sänger zu sein? Voll bescheuert. Der kann froh sein, der Lover von mir zu sein. So wird ein Schuh draus.

In letzter Zeit stelle ich vermehrt fest, dass mich alle anglotzen. Bin ich jetzt eingebildet, wenn ich sage, dass ich wirklich wie Brigitte Bardot aussehe? Mit meinem Sonnenhut, den High Heels und meinem, doch ich glaub schon, französischen Chic? Dazu recht schmerzfrei, was kaltes Wasser angeht oder Toiletten ohne Spülungen in Bartenheim (frau nehme eine Tasse Wasser) Schriftstellerin, Malerin, Psychologin, Köchin, Gärtnerin; Bäuerin? Ist ja alles irgendwie egal, wenn nur nicht die Ansteckungsgefahr und die Abhängigkeit drohen würde. Ein bisschen hat er das Lächeln von meinem Ex Erwin auf dem Gesicht, ein bisschen die Südländerschweinerei von Juan. Erwin war irgendwie meine letzte grosse Liebe. Was hab ich gelitten (und gesoffen), als der mit seiner Frau nach La Palma flog über Weihnachten. Was werde ich hier leiden und saufen, wenn Alain im Sommer nach Cap d´Agde in die Ferien entschwindet. Wenn´s denn nur eine Frau wäre…da sind doch Tausende. Ich muss die Kette oder den Kreis unterbrechen. Ich mach es genauso wie damals. Die Achterbahn der Gefühle. Ohne mich. Es gibt Wichtigeres zu tun! Doktorarbeit und Steuererklärung. Kotz. Ich will auch nach Cap d´Agde.

Au travail.

Pustekuchen. In der Nacht zum 12. Juni wache ich um 3.00 Uhr morgens auf. Ich kann nicht mehr schlafen vor Verlangen und vor Eifersucht. Ich weiss, dass da etwas schief läuft. Ich werfe die Nachttischlampe an und lese ein Buch. Johnson (1988) beschreibt anschaulich in *Traumvorstellung Liebe. Der Irrtum des Abendlandes,* was da so abgeht. Könnte eigentlich gleich mal das Zitieren wieder üben. Masterarbeit her. Am Mythos von Tristan und Isolde wird erklärt, dass Mann und Frau dauernd nach Leidenschaft streben. Der Mann sucht sich seine im Fall von Isolde blonde Königin aus und betet sie an. Weil er seine Wünsche in sie projiziert. Sie ist die Göttin, die er anbetet. Wenn er merkt, dass sie ein Mensch ist, sucht er die nächste.

Ja, Halleluja. Hab ich alles falsch gemacht? Desweiteren wird in ebendiesem Buch beschrieben, dass man, falls man im Feuer der Leidenschaft entbrennt, alles andere liegen lässt. Doof irgendwie. Stimmt das jetzt ganz? Man vergisst, sich selbst zu verwirklichen, vögelt nur noch herum und landet im Elend. Ahja. Stimmt so irgendwie auch nicht ganz.

Ich habe angefangen, perfekt gestylt herumzulaufen, als das arabische Fahrrad unangekündigt vor der Türe stand und hier alles dumm rumlag. Wo ist DER eigentlich abgeblieben? Dann habe ich angefangen zu kochen und zu backen, um meine Versuchspersonen zu beschenken, die natürlich fast nie Danke gesagt haben. Manchmal habe ich gebacken, um mir ab und zu ein Gläschen Kirschwasser zu genehmigen oder einen Schluck Wein. Schlussendlich ackere ich auf meinem Balkon und im Garten herum, um eine schöne Wohnung zu haben, falls mal wer kommt, oder um mir selbst ein angenehmes Arbeitsumfeld zu schaffen? Backen braucht Wissenschaft. Pflanzen kann man besprechen oder man liest mal nach. Meistens zeigen sie es einem, was sie brauchen. Joghurt selbst herstellen ist lustig, und wenn ich weiss, was in meinem Futter alles drin ist, geht es mir selbst besser.

Natürlich nur an den Rhein und in die Arbeit gehen und nach Alain geiern ist bescheuert. Wenn er mit einer Discounterverkaüferin wie Mareile rummachen muss, dann soll er das. Wenn er mit der Melly mit den aufgespritzen Lippen rumtun muss, dann soll er das. Allerdings hat er mir am Montag vor zwei Wochen (hach, es ist schon zwei Wochen her) gesagt, dass er gerne eine Frau hätte. Eine, die ihm den Haushalt macht und Gugelhupf. *Ah bon.*

Und irgendwie ist er einsam und irgendwie muss er immer vor den "Baronen" angeben, dass er die Königin geklaut hat. Welche auch immer.

Das Interessante ist, dass er in mir die Französin geweckt hat und auch die französische Sprache. Es ist halt eine Achterbahnfahrt. Vorher war es langweilig. Mit Christian Brayner war es nur Leiden, mit Alain ist es Spass und auch Leiden. Allerdings hält es sich die Waage. Weiss noch nicht, wie ich das messen kann.

Interessanterweise fällt mir auf, dass ich während meiner Masterarbeit im Winter kein Fahrrad hatte. Ich hatte zwar potentielle Flirts, wie das Banker Fahrrad, das ich auf einer Vernissage kennengelernt hatt oder der Thomas aus dem Training, aber ich hatte nichts gemacht. Mir ging es sehr, sehr gut dabei. Ich war weder einsam, noch gelangweilt. Ich habe gut gegessen und trainiert und gekocht und gebacken und gemalt. Jetzt denke ich nur noch an Alain und bin unzurechnungsfähig. Ich habe vom Zaubertrank getrunken und nichts geht mehr. Schön ist, dass der Zauber nach drei Jahren vorbei ist (bei mir sind es meist drei Monate, ich bin etwas schneller). Zurück blieb meist Leid und Elend. Ich werde das diesmal nicht zulassen. Ich habe gesagt, ich lasse in Mulhouse die Sau raus, und dann geht es an die Doktorarbeit.

Vielleicht gebe ich auch einfach nur gerne mit ihm an. In *Derrière Amour* singt er: Bin ich wirklich derjenige, den Du gerade geliebt hast? *Est-ce que tu fais vraiment l'amour?* Oder ist er nur das Mittel zum Zweck, um all die anderen Verletzungen zu heilen? Brayner, Burger, Manni, Baader? Schaut her: ich hab jetzt einen französischen Sänger, und was seid ihr? Und wen verletze ich am meisten? Mich selbst natürlich.

21. Gift

Ich sitze im Büro und lese eine interessante Studie über effektives Vokabellernen bei Kindern (Metcalf & Kornell, 2007). Ich grinse in mich hinein und denke, dass ich da eine effektivere Methode entwickelt habe. Allerdings muss ich gleich wieder korrigieren: Denn ich muss die Vokabeln ja nicht mehr neu lernen, sondern nur vom Langzeitspeicher wieder ins Arbeitsgedächtnis zurückholen. Nach 10 Jahren. Dafür gibt es aber effektive Hilfen in Form von schwarzhaarigen Psychiatern…

Heute müsste eigentlich wieder was passieren, denke ich. Gemäss Statistik sind zwei Wochen vergangen, und ich bin mal wieder fällig. Ausserdem habe ich die Ray Ban Sonnenbrille dabei. Es geht IMMER nur mit dieser. Aberglaube? Selbsterfüllende Prophezeiung? Egal.

Ich bin vertieft in meine Lektüre, als plötzlich die Tür aufspringt. Ohne Anklopfen. Ich will mich gerade empören, als Alain totenbleich hereinstolpert. Ich stosse einen Schrei aus.

"Ich werde vergiftet, ruf den Notruf", bringt er heraus und würgt in mein Waschbecken. Igitt. Blitzartig rufe ich den Notruf.

"Hier, trink ein Glas Wasser", sage ich und versuche, ihn zu beruhigen. Er sieht wirklich grausam aus. "Sicher hast Du nur was Falsches gegessen."

Er würgt weiter.

"Nein, nur von meinen Keksen aus meiner Keksdose, die auf dem Schreibtisch steht. Da esse ich jeden Tag davon, allerdings jetzt war Wochenende, da natürlich nicht."

Tatütatata, der Krankenwagen ist da. Ich stürme raus, die Kollegen vom Rettungsdienst machen sich an die Arbeit.

"Wir müssen ihn mitnehmen, kommen Sie mit? Lörrach ist das nächste Krankenhaus, eventuell muss er dann nach Basel. Aber die Lörracher sprechen kein Französisch. Die meisten zumindest nicht."

Ich sprinte an den Empfang und beauftrage Franziska, alle meine Termine für heute abzusagen. Dann schnappe ich meine Tasche und flitze in den Krankenwagen. Aus dem Augenwinkel sehe ich Herrn O. mit einer Zigarette in der Hand um die Ecke linsen. Ich finde, er grinst, kann mir aber keine weiteren Gedanken machen. In der grauseligen Notaufnahme in Lörrach sitze ich auf meinem Hintern rum und warte...und warte...und warte. Gefühlte Stunden später kommt der Notarzt heraus.

"Sind Sie die Angehörige?"

"Äh, ja, nein, ich bin seine Arbeitskollegin, und auch seine Freundin. Das bleibt aber unter uns."

"Alles klar. Es geht ihm nicht gut. Er hat irgendein Gift abbekommen, wir wissen nicht genau, was es ist. Wir haben ihn jetzt zum Erbrechen gebracht, und er ist soweit stabil, aber zur Sicherheit sollten wir ihn nach Basel bringen. Die haben am Tropeninstitut mehr Möglichkeiten als wir. Ich vermute, dass es ein tropisches Gift ist, irgendeine Schlange. Keine Ahnung, wie er an das kam. Der Heli ist schon da, kommen Sie mit?"

Auja. Heli fliegen wollte ich schon immer mal. Allerdings nicht unter diesen Umständen. Wir sprinten auf das Dach des Lörracher Krankenhauses, wo der Helikopter schon mit dröhnenden Rotoren auf dem Dach steht. Jetzt fängt es auch noch an zu nieseln. Was für ein Scheiß-Tag. Was für eine Idiotie. Alain liegt bleich auf der Trage, und mir wird schlecht. Dumpf kommt mir in Erinnerung, dass Janet Dick im Frühling in Indien in einem Yoga-Camp oder so ähnlich war…in Indien gibt es Giftschlangen. Nur, wie kam die da dran? Mmmh.

In Basel angekommen wird Alain sofort abgeholt und verschwindet in einem Behandlungsraum. Ich laufe dem zuständigen Arzt hinterher.

"Testen Sie auf ein Gift von einer indischen Schlange. Ist nur so eine Vermutung."

Dann heisst es wieder warten, warten, warten, warten…und warten. Nach zwei Stunden kommt der Arzt heraus.

"Woher wussten Sie das? Er hat das Gift der Indischen Krait abbekommen. Unbehandelt verlaufen 70 bis 80 Prozent der Vergiftungsfälle tödlich. Nach einem Biss beim Menschen können unspezifische Allgemeinsymptome wie Kopfschmerz, Übelkeit, Emesis, Abdominalschmerzen, Diarrhoe, Schwindel, Schock und Krämpfe auftreten. Die Neurotoxine bewirken eine fortschreitende Lähmung, die sich anfänglich durch Ptosis bemerkbar macht und bis zur vollständigen Paralyse führen kann. Der Tod tritt durch Atemlähmung ein. Wir haben ihm das Antivenin gegeben, und somit ist er jetzt stabil. Ohne Ihren Tipp hätte er es nicht überlebt. Allerdings ist das jetzt ein Fall für die Polizei, die ich schon verständigt habe. Sie müssen leider hierbleiben, bis Herr Mainzelmann von der Kriminalpolizei Lörrach hier ist."

Scheiße, Merde. Auch das noch. Den Mainzelmann kenne ich sehr genau. Das war nämlich der, der mal meine Katze erschießen wollte. Kotz. Ich will weg. Aber zum Glück geht es Alain gut. Also, das mit dem Mainzelmann, der wirklich so heisst, war es so:

Ich hatte vor Jahren ein einmaliges Inter-
mezzo mit dem. War nicht toll, und er be-
nahm sich auch schlecht. Jedenfalls hatte
ich an jenem Tag vor Jahren meinem
Schirm bei ihm im Auto gelassen. Den
brachte er mir am nächsten Tag zurück. Er
wollte, ich betone, während der Dienstzeit,
wieder schweinische Fahrradgeschichten
betreiben. Er legte somit die Dienstwaffe
damals auf den Couchtisch. Plötzlich pol-
terte meine damalige Katze Chica durch die
Katzenklappe. Und was macht der Herr
Kriminalkommissar? Aufspringen, Waffe
zücken. *Trou du cul*! Dieses Jahr hat er
mich wieder kontaktiert, weil er mich als
Model wollte für erotische Aufnahmen am
Rhein. Fotografieren kann er ja, und mein
Narzissmus war geweckt. Aber irgendwie
hat es nie geklappt, und ich bin froh drum.
Wäre ja übel geworden, wenn die Patienten
so ein Foto gesehen hätten. Aber jetzt habe
ich ihn wieder an der Backe. Na toll.

"Ah, wen haben wir denn da, die Frau
Schuhmacher", begrüßt mich der arrogante
Heini, als er endlich da ist. Mainzelmann ist
ein Stück kleiner als ich, ein Jahr älter, hat
schon fast keine Haare mehr auf dem Kopf.

"Was liegt denn hier an?" Der Arzt erklärt
ihm den Sachverhalt, und dann erkläre ich
dem Mainzelmann, was ich gesehen habe.
Nämlich Janet Dick und Andreas O.

"Was sollen denn die für ein Motiv haben, den Herrn Bellini umzubringen?"

"Das weiß ich doch nicht. Der O. vielleicht, weil er nicht so gut aussieht wie der Doc, und die Dick, weil sie nicht an ihn rankommt, frag´mich doch was Leichteres. Aber ich frage Dich: was sollte ICH für ein Motiv haben? Er ist mein Freund und Lover, aber das hat gefälligst unter uns zu bleiben."

Der Mainzelmann grinst süffisant.

"Und, ist er gut im Fahrradfahren?"

"Und, ist diese Frage professionell, Herr Mainzelmann?"

Schlußendlich lässt er mich zufrieden und begibt sich wohl in die Klinik. Mir reicht es jetzt. Alain ist noch im künstlichen Koma, ich kann nicht zu ihm. Was mache ich? Oh, heute ist ja Donnerstag. Ich "muss" in die Ballettstunde. Ich MUSS in die Ballettstunde. Ich muss in die Ballettstunde, weil die Ballettschule ihre jährliche Aufführung plant, wohlgemerkt erst im November, und jetzt ist noch nicht mal August, und ich ein Solo tanzen soll. "Niemand darf mehr fehlen, alle MÜSSEN immer kommen", hatte Kristin, die Ballettlehrerin das letzte Mal gesagt. Was passiert bei Psychologen und auch anderen normalen Menschen, wenn sie etwas MÜSSEN? Sperre, Blockade, keinen Bock mehr, kein Spaß mehr an der Sache.

Nagut, Spaß macht es schon noch, und ich freue mich auch auf das Solo, gleichzeitig geht mir der Hühnerhaufen schwer auf den Geist. Und vor allem, wenn mich dann noch ein Patient auf der Bühne entdeckt, ode rein Ex-Patient. Irgendwie ist das auch nicht so karrierefördernd. Aber ich mache mich mal auf dorthin...Für Alain kann ich jetzt grad eh nichts tun.

Im Ballettstudio angekommen rennen alle herum wie aufgeregte Hühner. Schon wieder in Kostümen? Ich habe mein Abendkleid nicht dabei, das hatte ich letzte Woche, es wurde für chic befunden, und außerdem hatte keiner was gesagt.

"Zieh Dein Abendkleid an", befiehlt Kristin, die Lehrerin.

"Habe ich nicht dabei...außerdem komme ich gerade aus dem Krankenhaus, weil mein Arbeitskollege vergi...".

Weiter komme ich nicht, denn es hört schon keiner mehr zu. Alles hüpft herum, zupft an den Kleidern, probiert Hüte an undsoweiter. Ich komme mir blöd vor in meinen Trainingsklamotten.

"Du MUSST hier hinstehen", schubst mich Simona, eine die immer nach Schweiß stinkt. "Du darfst mich nicht überholen", befiehlt Sibila, unsere älteste Tänzerin, die auch gerne das Sagen hat.

"Die Haare, was machen wir mit den Haaren?"

"Nein, keinen Dutt, es muss eine Lockenfrisur mit Lockenstab sein, schau im Internet, da gibt es Frisuren"

Ach Du Heiliger, jetzt muss ich auch noch meine Haare mit Brennscheren malträtieren. Zudem muss ich drei Paar neue Ballettschuhe kaufen, denn eine Lehrerin will rosa, die nächste schwarz, und die übernächste weiß. Plus neue Strumpfhosen. Eine Kostümgebühr soll ich auch noch bezahlen, und das Beste ist: Früher konnten wir während den Auftritten, wenn wir gerade nicht dran sind, durch eine Verbindungstür, die an der Garderobe für die Gäste vorbeiführt in den Zuschauerraum. Vor der Garderobe war Platz, um sich aufzuwärmen. Diesmal soll das verboten sein, weil ab und zu kleine Kinder hinterherrennen und man dann die ganze Zeit Kinder suchen müsse. Das bedeutet, dass ich am Samstag zwei Mal drei Stunden im Keller sitzen darf für zwei mal zwei Minuten Auftritt, und am Sonntag das Gleiche. Das alles auf engstem Raum mit Stinke-Simona und dem ganzen Geschnatter und der Besserwisserei. Klaustrophobie. In meinem Bauch bildet sich ein Knoten…aber ich tanze mal…Leider komme ich nicht vorwärts, weil eine mir den Platz versperrt.

"Ich will nicht neben Dir stehen, neben Dir sehe ich klein und dick aus, außerdem machst Du alles falsch", sagt die Nächste.

Kotz. Wie soll das gehen. Dann gehen wieder die Diskussionen über die Klamotten los. Ich versuche auch etwas beizusteuern, da ich auch noch einen chicen kleinen Hut habe.

"Nein, DU setzt keinen Hut auf", befiehlt Kristin ohne Begründung.Ich komme mir langsam vor wie im Kindergarten. Ich bin froh, als die Stunde vorbei ist und fahre mit dickem Hals nach Hause. Es sollte das letzte Mal sein, dass ich dieses Studio betreten habe, aber das weiß ich noch nicht. "Nein, du setzt keinen Hut auf", das klingt doch genau so wie "Nein, die Marie will kein Eis". Das hatte nämlich meine Mutter im Schwimmbad gesagt, als der Vater von Oberschwester Susanne Eis holen gegangen ist. Wir waren wohl so circa zehn Jahre alt, und meine Mutter hatte stets darauf geachtet, dass ich nicht fett werde. Das war wohl ihre einzige Sorge.

Daheim schenke ich mir ein Glas Wein ein und setzte mich auf den Balkon. Ich muss nachdenken. Was für ein bekloppter Tag. Das mit Alain geht mir schon noch nach, aber da soll sich der Mainzelmann drum kümmern. Und das mit dem Ballett ist ein Affenzirkus. Ich bemühe mal das Internet und suche alternative Ballettstunden. Ich glaube, ich habe die Lösung. Ich kündige. Besser gleich als später. Die können mich alle mal! In Basel am Stadttheater gäbe es Möglichkeiten, allerdings ist das mitten in der Stadt und die Parkmöglichkeiten sind eher begrenzt. Ach, ich habe jetzt andere Sorgen. Die Kündigung schreibe ich und werde sie morgen zur Post bringen. Das war es zwar dann mit dem Solo, aber ich habe meinen Frieden.

22. Abschied

„Was meinst Du zu der Sache mit dem Ballett?", frage ich Catherine in der Pause.

„Keine Ahnung, wie fühlst Du Dich denn zur Zeit dabei?" fragt sie in schönstem Psychologenjargon.

„Beschissen. Das Training würde mir schon noch Spaß machen, aber der Weiberhaufen? Außerdem haben wir hier eh voll den Stress, das muss ich mir doch in meiner Freizeit nicht antun. Und Alain ist im Krankenhaus, nach dem sollte ich auch mal wieder schauen gehen."

„Dann lass es doch. Kümmer Dich um Alain. Mit dem lief es doch vor dem Unfall ganz gut, oder? Abgesehen davon, dass keiner was davon wissen darf. Und das mit dem Gift finde ich voll krass. Bist Du sicher, dass die Dick und Dein langer Lulatsch von Patient was damit zu tun haben?

„Ich bin ziemlich sicher, kann's aber nicht beweisen. Soll sich doch der Kripokommissar drum kümmern. Der hat ja hier auch schon rumgeschnüffelt. Oh Shit, ich habe jetzt gleich wieder Kunsttherapie mit dem Herrn O."

Ich sprinte in mein Büro. Vorher muss ich an der Tür vom Stiebitz vorbei, die steht angelehnt offen. Von drinnen kommen komische Geräusche. Wie ein Würgen. Oh, nein. Nicht der nächste Fall von Vergiftung. Ich linse vorsichtig um die Ecke, und was ich sehe, das will ich nicht sehen:

Stiebitz sitzt auf seinem Bürostuhl, das Gesicht schmerzverzerrt, so mein erster Eindruck. Als ich zur Rettung eilen will, merke ich dass sich unter dem Schreibtisch etwas bewegt. Oh nein, Frau Roswitha Z. ist beschäftigt mit...nun, muss ich das wirklich beschreiben? Sagen wir mal...nicht Handarbeit, sondern Mundarbeit. KOTZ.

„Tschuldigung", sage ich und stürme raus, schlage die Tür hinter mir zu. Sind denn hier alle verrückt geworden? Keiner beachtet mehr die Regeln. Allerdings geht mich das auch nichts an.

Vor meinem Büro wartet schon Herr O.

„Na, Sie sind ja zu spät", meint er. „Wie geht es denn dem Doc?"

„Das geht Sie gar nichts an, kommen Sie herein. ,wir müssen die Zeit für Ihre Therapiestunde nutzen. Wir malen mal wieder was Schönes..."

Als ich das Werk des Herrn O. betrachte, ist mir klar, dass er ebenfalls an der Türe des Stiebitz vorbeigelaufen ist und dort wohl etwas länger verweilt hatte.

117

Abbildung 7. Das Werk des Herrn O. mal wieder...

„Wunderbar, das ist mal wieder für den Garten, bzw. für unter die Büsche. Was denken Sie sich denn immer dabei?"

„Das, was ich gerade sehe, denke, was mich beschäftigt. So wie Sie es mir gesagt haben. Übrigens, kann ich heute Mittag joggen gehen? Das Wetter ist schön..."

„Herr O., ich denke, Dr. Stiebitz hat Ihnen strenges Sportverbot verhängt? Ich will Ihnen ja nicht zu Nahe treten, aber auch für meinen Geschmack sind Sie viel zu dünn. Und wenn das Ihr Hauptthema ist: Frauen,

Frauen, Frauen, Sex und nochmals Frauen und Sex, dann lassen Sie mich Ihnen meine persönliche Meinung sagen. Frauen mögen keine Männer, die so dünn sind. Genausowenig mögen die meisten Männer keine dünnen Frauen."

„So, hat Ihnen das der Doc eingetrichtert?"

„Nein, das ist reine Empirie."

„Sie mit Ihrem Fachidiotengeschwätz."

„Ach, Herr O., jetzt werden Sie mal nicht persönlich. Malen wir doch mal was Nettes. Was ist denn das für ein Herzchen neben Ihren Steinen?"

„Das ist mein Aschenbecher."

„Hallo, Sie dürfen hier aber nicht rauchen, und schon gar nicht im Therapiezimmer."

Mir ist der Geruch wegen den Farben gar nicht aufgefallen, aber jetzt nehme ich noch ein bisschen Zigarettenrauch wahr.

„Ich habe ja gelüftet."

Ich glaube, ich gebe es auf, mit dem. Vielleicht muss ich ihn ja mal ein bisschen inspirieren. Ich nehme mir einen Stein, einen Stift, und setze mich vor den Augen des verblüfften Herrn O. ans Werk. Nach zehn Minuten bin ich fertig.

119

Abbildung 8. Kontrastprogramm zu den Werken des Herrn O.

„Das ist ja süß. Jetzt haben Sie sich und Herrn Dr. Bellini auf Wolke Sieben gemalt."

„Nein, Herr O., das ist das, was auf Ihrem Aschenbecher drauf ist, mehr nicht."

„Ha, Ihr Unterbewusstsein hat sicher an Herrn Bellini gedacht."

Was versteht der denn von Unterbewusstsein? Hat wohl ein kleines Rad ab oder in seiner Langweile Freud gelesen. Jedenfalls

120

ist die Therapiestunde nun (zum Glück) zu Ende und ich muss in die Mittagsteambesprechung.

„Tschüs, Herr O., bis zum nächsten Mal. Essen Sie was Feines zu Mittag, und denken Sie dran: kein Sport. Sie können sich ja ein bisschen in die Sonne setzen und weiter Freud lesen. Sie wissen ja: Lesen gefährdet die Dummheit."

Damit schiebe ich den O. aus meinem Zimmer und eile ins Sitzungszimmer. Natürlich nicht, ohne vorher meine Tür zu verriegeln. So blöd wie Alain bin ich ja schließlich nicht.

Auch hier komme ich als Letzte herein. Alle sind ganz aufgeregt. Ich komme mir fast vor, wie in der Ballettprobe, außer dass niemand mit Abendkleidern rumrennt. Stiebitz sitzt mit hochrotem Kopf da. Ich ahne und vermute, stimmt, da war ja was…

„Als erstes muss ich Ihnen mitteilen, dass wir die Patientin Frau Roswitha Z. per sofort entlassen bzw. rausgeworfen haben. Es ist zu einem, hüstel, peinlichen Zwischenfall gekommen. Frau Z. hat offenbar ihre Libido gar nicht im Griff, und vergreift sich an allem, was männlich ist, möglicherweise Geld hat und dazu noch einen oder mehrere akademische Titel. Mehr möchte ich dazu nicht sagen", spricht Stiebitz und wirft mir einen strengen Blick zu, der ungefähr „Halt ja die Klappe" bedeutet. Ich betrachte meine Schuhspitzen und versuche, nicht zu grinsen.

„Und nun besprechen wir die restlichen Fälle. Wer möchte anfangen?"

„Kein Sport für Herrn O., das bleibt? Auch wenn er dann noch frustrierter ist."

„Ja, das bleibt. Der Typ ist chronisch magersüchtig und sportsüchtig."

Dann werden noch die anderen Patienten „besprochen" und zum Abschluß meint Stiebitz:

„Ich habe noch mit Basel telefoniert. Dr. Bellini ist soweit stabil, er kann auch bald entlassen werden. Allerdings hat das Gift seine vom Kettenrauchen eh schon angeschlagenen Lungen noch mehr angegriffen, und es wird dringend empfohlen, dass er ein paar Wochen an Seeluft verbringt. Er wird also eine Weile ausfallen. Frau Schuhmacher übernimmt derweil die französischen Patienten."

Auch das noch. Alain weg, und doppelt soviel Arbeit. Ich kriege die Krise. Zum Glück habe ich die Kündigung für das Ballett heute morgen eingeworfen. Das hätte ich nicht mehr gebacken bekommen. Ich werde aber nach Feierabend bei Alain vorbeischauen. Mal sehen, wie es ihm geht, und vor allem, wie es weiter geht.

Alain sieht schon recht fit aus, für das, dass er gerade dem Tod von der Schippe gesprungen ist.

„Die entlassen mich morgen. Und ich soll eine Kur am Meer machen", meint er.

„Ja, das habe ich gehört."

„Ich fahre nach Cap d´Agde in Südfrankreich Ende nächster Woche. Da bin ich sonst auch ab und zu und singe ein bisschen."

„Wie lange willst Du denn bleiben?"

„Bis Mitte September, denke ich."

Toll. Und was mache ich so lange? Aber das getraue ich mich nicht zu fragen, Gesundheit geht schließlich vor. Und trotzdem tut es mir echt weh. Er macht auch gar keinen so betrübten Eindruck, dass wir uns so lange nicht sehen können.

„Könntest Du morgen mal bei mir vorbeikommen, um mir zu helfen ein paar Sachen isn Auto zu laden."

Ja, logisch. Sachen ins Auto laden, denke ich. Fahrradfahren hoffe ich.

„Ja, ist okay. Habe ja mittags frei. Ich hoffe nur nicht, dass mir Stiebitz Deine Patienten schon morgen reinwürgt und mit mir über Pensumerhöhung reden will."

Wir verabschieden uns mit „*bisous*"und ich freue mich auf den nächsten Tag.

Der dann doch wieder nicht so toll beginnt, denn die Ballettchefin hat wohl meine Kündigung bekommen und mein Handy fiept ununterbrochem.

„Wir brauchen Dich für die Aufführung. Wir finden es schade, dass Du nicht mehr kommst. Lass uns doch reden..." Undsoweiter undsofort. Ich habe aber keine Lust mehr zu reden. Wir trichtern unseren Patienten tagtäglich ein, dass sie auch mal „nein" sagen sollen und sich nicht alles gefallen lassen müssen. Aber ich selbst soll zu allem ja und Amen sagen? Nö. Ich schreibe noch eine psychologisch wertvolle Nachricht, so meine ich, an die Lehrerin, schreibe, dass es mir leid täte, füge noch ein bisschen Gesülze hinzu, und schreibe, dass ich zur Zeit eh zu viel Arbeit habe und deswegen bei meiner Entscheidung bliebe. Dann ist endlich Ruhe und ich bin sowas von erleichtert.

Nach der Arbeit fahre ich nach Bartenheim zu Alain. Es ist schönes Wetter, die Fahrt macht Spaß, gleichzeitig habe ich einen Knoten im Bauch, weil er bald weg ist. Heul.

Alain sitzt in seinem "Garten". Dieser Garten ist einfach nur mit Schutt aufgefüllt. Er hat alles platt gemacht, damit er seine Motorräder und Autos abstellen kann. Man muss sich die Sache in Suchel-Maps anschauen, da sieht man ein weisses Karré mit

124

einem grossen Haus, darum eine Mauer, nebendran hübsche Gärten. Ein Grill steht noch rum, auf dem ich die einzige Pflanze, einen Dachwurz identifizieren konnte. Ich setze mich zu Alain und bekomme eine Tasse Kaffee und eine Zigarette. Ich bin aufgeregt. Aber er findet, ich könne ihm behilflich sein, seine Boxen in den Citroën zu schleppen. Auch noch Arbeiten bei der Hitze. Ich trage ein orangenes Sommerkleid und schleppe. Zum Dank darf ich mich mal in den Lotus setzen. Der steht gerade in der Garage. Nun, hineinsetzen geht, das Problem ist das Herauskommen. Dann wirft er noch aus Spass eines seiner Motorräder an und macht einen Höllenlärm. Was den Nachbarn auf den Plan ruft, der über die Mauer schaut. Das Geräusch liebe er, meint der Nachbar, er habe auch eine solche Maschine. Tja, meine Nachbarn wären sicherlich nicht so begeistert. Dann sitzen wir auf der Mauer und plaudern mit den Nachbarn.

"Ah, ich wusste es", sagt die Nachbarin Mari José. "Ich wusste, dass er eine neue *Copine* hat. Er singt anders".

"Ist nicht wahr", leugnet Alain.

"Oh, doch, ich habe es gehört gestern. Ich war auf dem Balkon"

Ist ja interessant. Jedenfalls hätte ich schon noch Fahrradfahren im Sinne, allerdings habe ich furchtbar Hunger. Ich schaue in den Kühschrank, und mich packt wieder das kalte Grausen. Wer hat eigentlich geschrieben, dass Männer ohne Frauen unaufhaltsam der Barbarei verfallen? Also, in dem Kühlschrank ist nichts, was noch geniessbar wäre. In einer Kiste entdecke ich einen Osterhasen mit Glöckchen. Scheint essbar zu sein. Den nehme ich. Ich setze mich wieder an den Tisch in den Garten und esse den Hasen. Und dann geht alles sehr schnell. Mein Bauch fängt an zu rumpeln, und ich muss unbedingt auf die Toilette. Er gibt mir den Schlüssel zur Wohnungstür oben, denn die Toilette im Keller ist nach wie vor defekt. Leider muss ich mindestens dreimal rennen, und somit ist an Radfahren nicht mehr zu denken. Alain lacht sich halb tot. Ich wundere mich, was los ist, gleichzeitig ist mir die Symptomatik bekannt: Als der Stress mit der Made und meinen Eltern war, hatte ich das tagtäglich. Und das mit der Vergiftung, dem Ballett und dem Theater gestern, das war nichts anderes. Das ganze doofe Trauma nochmals. Wird vorbeigehen. Ich verabschiede mich von Alain "á bientôt" und weiß, dass ich ihn vor September nicht mehr sehen werde.

Übrigens kann er den Text von *Hotel California* immer noch nicht, und englisch singen mag er nicht. Also bleibt mir nichts anderes übrig, als den Text auf französisch hinzudichten. Ich muss ja eh daheim bleiben, wo ein Klo in der Nähe ist und lenke micih so von meinem Frust ab.

Hotel California (Version Français)

Dans le sable blanche,

J´ai perdu ma route

Voiture ouverte, avec l´huile dans mon chaise Un peux gout des chattes de ce que j´ai fait les minettes

Mais au loin dans la distance j´ai ecoute sa voix. Elle parle toujours, elle parle plutôt J´ai la tête pleine de choses que faire mais je dois dormir. Elle était la dans l´eau, me regardant sceptique, elle est folle et jalouse, mais elle me fait manger, elle était trop vielle, mais je l´avait baisé. Aprés elle se vait avec un jeune homme, et elle me disait „au revoir“. Te rencontrai au Cap d´Agde...te voir tous en baiser. Salut au Hotel Alain Bellini, la Marie est lá, elle cherchait le bain, elle cherchait le bain. Plusieurs de pipes Alain Belllini, toutes les jours au Rhin, toutes les jours au Rhin... Beaucoup soleil Alain Bellini, dans son lit de rouge, dans son lit de rouge

Choyex du luxe, elle conduit Mercedes Benz, il y a beaucoup de jolis garçons, ce qu´elle appelait amis. Ils dansent dans la cour, jolie sueur de l´été, certains dansent pour se souvenir, d´autres pour oublier.

CATASTROPHE TOTAL (keine Garantie auf korrekte Grammatik oder Rechtschreibung).

Meinem Bauch geht es mittlerweile etwas besser, und so begebe ich mich ins Internet und fahnde nach Flügen nach Montpellier. Ich habe Ende Juli eine Woche Urlaub und noch nichts geplant. Ich werde Alain besuchen gehen. Juhu. Ich weiß zwar, dass das ein bisschen kindisch ist, hinterherzureisen, und deswegen werde ich mich ihm auch nicht aufzwängen, sondern mir selbst ein kleines Hotel suchen, damit ich unabhängig bin. Und ganz sicherlich nicht in dem fürchterlichen „*Village Naturiste*", wo er immer hingeht. Da habe ich ja grauenhafte Dinge gelesen.

23. Cap d´Agde, Südfrankreich

"Heavyjet EX897 bitte einsteigen", ertönt eine Stimme aus dem Lautsprecher. Ich sitze am Flughafen Basel-Mulhouse, und es geht recht zügig voran. Wesentlich gesitteter als bei den Ballermann-Flügen nach Malle und Spanien. Höfliche Franzosen warten anständig, bis sie an der Reihe sind. Keiner drängelt, keiner ist besoffen. Ich habe einen Platz am Fenster vorne, wo ich meine Beine ausstrecken kann. Ich bin aufgeregt. Ich werde Alain wieder treffen. Hinter mir gibt es einen kleinen Aufstand, weil doch tatsächlich einer einen Platz für sein CELLO reserviert hat. Ausgerechnet am Notausgang. Der Steward fragt zynisch, ob denn das Cello fähig sei, die Nottüre zu öffnen. Der Besitzer des Cellos ist irgendwie unkooperativ. Auf jeden Fall darf das Cello dort nicht sitzen bleiben. Es wird eine andere Lösung geben. Also, auch hier hat es ein paar Dumme.

Das Flugzeug startet pünktlich. Ich versuche einen Blick auf Bartenheim zu erhaschen, welches direkt neben dem Flughafen liegt. Der internationale Flughafen Basel-Mülhausen (Markenname seit 1987 EuroAirport Basel Mulhouse Freiburg) liegt 6 km nordwestlich von Basel (Schweiz) und

20 km südöstlich von Mülhausen
(Frankreich) auf den Gemarkungen der
französischen Gemeinden Hésingue und
Saint-Louis im Département Haut-Rhin.
Weltweit einmalig wird der Flughafen von
zwei Staaten gemeinsam betrieben. Da er
auch für den südwestdeutschen Raum grosse Bedeutung hat, bekam er den Zusatz
Freiburg; südbadische Vertreter sind im
Verwaltungsrat und im trinationalen Beirat,
allerdings ohne Stimmrecht, vertreten.

Dann bestelle ich mir einen Tomatensaft
und freue mich auf das Meer und Alain. Ich
habe mir sicherheitshalber ein Hotelzimmer
im Hotel Bellevue reserviert. Alain treibt
sein Unwesen (leider) im benachbarten Village Naturiste. Ich habe schon einige Dinge
von dem Verein gehört, und ich möchte
eine Rückzugsmöglichkeit haben. Alain ist
ja nicht immer einfach. Pünktlich nach einer Stunde landet der Flieger in Montpellier. Da ich nur Handgepäck habe, bin ich
schnell draussen. Mein Mietwagen steht
auch parat. Dann mal los. Brauche ich ein
Navigationsgerät? Nö, das krieg ich hin.
Leider ist das Wetter trüb, es hat geradde
mal 22 Grad. In Lörrach war Bombenhitze
angesagt. Ich steige in den kleinen Renault
und fahre los. Da ich so schnell wie möglich ans Meer will, fahre ich über Sète. Und
da ist es, das blaue glitzernde Mittelmeer.
Ich habe ungefähr eine Stunde zu fahren.
Links von mir das Meer, rechts von mir ein

Etang. Ich beschliesse, kurz anzuhalten, um mich him Meer zu erfrischen. Das ist jetzt ein bisschen blöde, denn ich darf meine Handtasche nicht aus den Augen lassen. Das Meer ist toll, ich habe meine Tasche in eine Plastiktüte gewickelt und plansche vor mich hin. Danach beschliesse ich, doch das Navi anzuwerfen, ist manchmal praktisch, für das Feintuning.

Proche de toutes commodités, face à la mer, au calme, votre Hôtel Le BelleVue situé au coeur du Cap d'Agde donne pourtant l'impression agréable d'être coupé de tout. Accès direct à la plage et au port. Emplacement exceptionnel avec une vue panoramique inoubliable. Ambiance familiale. Un hôtel ** au Cap d'Agde, avec hammam, terrasse solarium Le Bellevue, l'hôtel du Cap d'Agde sélectionnné par le Guide du Routard et Qualités Hérault. Un cadre paisible pour vos vacances ou en séminaire professionnel. Ascenseur, parking privé, garage pour moto et vélo, salle de réunion . L'Hotel Le BelleVue Cap d'Agde est une destination de choix.

Ich finde das Hotel und einen Parkplatz. Mein Zimmer ist gemütlich, die Leute sind freundlich. Ich beschliesse, zunächst einmal an den Strand zu gehen. Alain ist heute noch in Perpignan, wird aber morgen zurück kommen. Ehrlich gesagt ist mir das ein bisschen aufgestossen. Hatte der vergessen, dass ich komme? Was denkt der eigentlich? Irgendwie nur bis zum Tellerrand. Egal, ich kann das Meer auch alleine geniessen.

Ich spaziere durch Cap d′Agde, am Hafen, an der Promenade. Ich schwimme im Meer, lese und gucke mich um. Es ist wunderschön hier. Mittlerweile ist die Sonne wieder herausgekommen, und der Strand füllt sich langsam. Abends gehe ich Fisch essen und fühle mich etwas einsam. Klar, ich werde überall angestarrt, mache mir aber nichts draus. Das hat mir ja Alain gesagt. Es ist meine Körpergröße, die langen blonden Haare. Als es dunkel wird, finde ich auf dem Marktplatz ein Konzert. Ich tanze auf der Strasse, und finde mich in einem lustigen Kreistanz mit wildfremden Leuten wieder. Danach nehme ich meine High Heels in die Hand, bade die Füsse im Meer und gehe ins Hotel.

Den nächsten Morgen beginne ich mit einem Bad im Meer. Da noch fast kein Mensch unterwegs ist, springe ich nackt ins Wasser. Die Sonne geht auf und ich finde haufenweise Herzmuscheln. In Andalusien sind diese ja eine Rarität, hier kann man sie mit dem Bagger abtransportieren. Dann gehe ich duschen und zum Frühstück. Später telefoniere ich mit Alain. Ich weiss nicht, wie man an den Naturistenstrand kommt, ohne Eintritt zu bezahlen. Er meint, ich solle zum *Marseillan Plage* fahren und dann den Strand entlang laufen. Das tue ich mal. Ich stelle "mein" Auto (*bagnole*) irgendwo am Strassenrand ab und gehe los. Es dauert eine Weile, dann kommt die "Grenze". Man muss hierzu sagen, dass an den Stränden beim Hotel und im Ort jedermann korrekt in Badekleidung gekleidet war. Ich wurde schon angeschaut, als ich oben ohne ins Wasser gegangen bin. Hier gibt es definitive eine Grenze, an der man sich ausziehen MUSS, sonst darf man nicht rein. Also nicht so wie am Rhein, wo angezogene Spanner die Naturisten begaffen. Ich setze mich auf eine Düne und warte auf Alain. Neben mir lässt sich ein grosser, gutaussehender Franzose nieder. Normalerweise wäre ich ja nicht abgeneigt, aber ich warte auf Alain. Ich schaue mich um. Noch sieht es harmlos aus, ein paar Paare, nichts weiter Schlimmes. Irgendwann sehe ich ihn am Meer laufen. Selbst unter all diesen braungebrannten Menschen fällt Alain mit seiner dunklen Haut auf. Er hat ein Tuch um die Hüften geschlungen und singt wie immer vor sich hin. Ich laufe ihm entgegen. Er umarmt und küsst mich. Dann hole ich meinen Kram und wir laufen los. Dann geht es richtig los.

Das Village Naturiste oder Quartier Naturiste ist eine 120 Hektar grosse FKK-Anlage im Osten von Cap d'Agde, einem Stadtteil der französischen Stadt Agde an der Mittelmeerküste im Département

Hérault. Es handelt sich um einen teilweise urbanen Siedlungskomplex mit zwei Hotels und Campingplatz. Bis zu 40.000 Einwohner und Touristen leben in der Ferienzeit im *Village Naturiste*. 1,5 Millionen Besucher, Tagesgäste eingeschlossen, besuchen pro Jahr das Gelände. *Village Naturiste* ist die meistbesuchte FKK-Anlage der Welt. Das umzäunte *Village Naturiste* ist von Ende März bis Mitte Oktober geöffnet. Um das umzäunte Gelände zu betreten, muss ein Eintrittsgeld bezahlt werden. Die Süddeutsche Zeitung bezeichnete das *Village Naturiste* als „Welthauptstadt der Nackten". Nördlich schliesst sich das Naturschutzgebiet Reserve Naturelle Nationale du Bagnas an.

Soweit Wikipedia. Ich würde eher sagen, dass das der grösste Swingerclub Europas ist. Je näher man dem Zentrum kommt, umso schlimmer wird es. Schreckliche alte Frauen liegen mit geöffneten Beinen da und warten auf den, der wohl nie kommt. Es hat auch hübsche Leute. Ich werde angestarrt, wie ein bunter Hund. Zum Glück ist Alain dabei. Seinen Freunden am Strand stellt er mich als seine Nachbarin vor. Eine schreckliche alte Indianerin labert auf ihn ein, dass er zum Apéritif in ihr Appartement kommen soll. Oh, bitte nicht. Dann zeigt er mir das „Dorf". Bars, Kneipen, Läden, Läden mit Lack und Leder, alles was man so braucht. Ich finde es mehr oder weniger furchtbar bis faszinierend. Wir verbringen einen wundervollen Tag am Strand. Danach nehme ich ihn in meinem Renault mit ins Hotel. Er überzeugt die Rezeptionistin mit seinem Charme, dass er die Nacht bleiben darf. Der schläft doch tatsächlich sonst in seinem Citroën. Ich habe es gesehen. Die Matratze lag da hinten drin und müffelte ehrlich gesagt etwas. Ich will es hoffen, dass er in seinem Auto pennt. Jedenfalls heute nicht. Wir gehen essen, tanzen, trinken und verbringen eine tolle Nacht zusammen. Von seiner Krankheit ist nichts mehr zu merken, und wir haben vereinbart, nicht über den Vorfall zu sprechen.

Am nächsten Tag ist leider schon mein Abreisetag. Ich packe meine Sachen zusammen, lade das Auto voll und fahre mit Alain wieder zum *Marseillan Plage*. Ich nehme nur noch das Nötigste mit, den Rest verstaue ich im Kofferraum des Autos und hoffe, dass es mir keiner klaut. Dann gehen wir nochmals ins Dorf. Nach dem Essen sitzen wir in einer Bar des *Village Naturiste* und trinken Kaffee und Cola.

Ich habe meinen roten Pareo um die Hüften geschlungen und sitze barbusig da. Wir lachen und erzählen. Paare mit den seltsamsten Kleidungsstücken oder Nicht-Kleidungsstücken laufen vorbei. Alle ziehen ein Gesicht wie sieben Tage Regenwet-

135

ter. Ja, gut, es hat mal drei Tropfen geregnet. Na und?

"Du findest mich nur interessant, weil ich Dir nicht hinterherrenne wie all Deine anderen Wasserträger", sagt Alain sinngemäss.

"C'est la plaisir de la chasse", quake ich. Ich frage mich manchmal, wie mir so viel Blödsinn einfallen kann. Und das noch auf französisch. Allerdings ist es ja kein Blödsinn. Er hat ja recht. Und vielleicht weiss ich wirklich nicht, ob ich ihn liebe, oder nur angeben will oder mal wieder nur das Verbotene suche.

Das Meer ist türkisfarben, die Wellen schlagen an den Strand. Möwen kreischen und ich trapse mit meiner blauen Stofftasche von der Uni und nur mit dem roten Tuch bekleidet hinter Alain her. *"Aime-moi, aime-moi plus fort....donne-moi ton corps pour y vivre et y mourir détruire. Empêche-moi de me détruire..."*

Er summt *"Derriere Amour"*. Er hat ebenfalls nur ein Tuch um die Hüfte geschlungen, ist Schwarz gebrannt. Alle paar Meter gehe ich in die Knie, um eine Herzmuschel aufzuheben. Irgendwann sammle ich diese in meinem neuen Sonnenhut ein. *"Gymnastique pour le Cul"* sage ich. Er lacht und sagt, ich solle nur CÜÜÜ sagen, das L nicht aussprechen. Und ob ich auch *"gymnastique pour la chatte"* machen würde. "Klar", sage ich, "ist einfach. *Comme arrêter le pipi.*"

Der Strand wird voll und völler, wir nähern uns dem schlimmsten Teil. Dort wo sie sich fast stapeln. Alle glotzen, wir reden und lachen und laufen. Vor "*Le Galion*" knickse ich nicht mehr. Schnell vorbei hier.

Die Frage ist jetzt, wer gibt hier mit wem an? Ich mit dem braungebrannten Sänger, oder er mit der grossen Blonden? Schade, dass wir keine Zeit für eine Orgie haben, aber das Flugzeug am Abend wartet nicht.

Als wir am Ende des Naturistenstrandes ankommen, beschliessen wir, noch zusammen zu schwimmen. Da es kurz geregnet hat, ist der Strand ziemlich leer. Das wird mein letztes Bad im Meer für dieses Mal sein, und ich weiss nicht, wann ich wieder hinkomme. Das letzte Mal war 2015 in Zahara de los Atunes, als ich, wie könnte es auch anders sein, einen Riesenstress mit der Made und Anwalt und Testamenten etc. hatte…

Alain läuft wie immer voraus, ich spritze ihn an. Die Wellen sind wie im Atlantik. Wir hüpfen und lachen wie die Kinder. Jetzt fasst er mich an. Und ich ihn. Wir kleben an einander, schwimmen wieder weiter. Plötzlich halt er seinen komischen Ring in der Hand. "*C'est parce qu'il est devenue petit*", grinst er.

Wir gehen zurück zu unserem Plätzchen. Ich hoffe, dass meine Sachen noch da sind, denn meine Kreditkarte, mein Pass und mein Geld befinden sich darin. Alles noch da. Ich lege mich kurz auf sein Handtuch, den ich habe keines mehr. Alles im Auto. Dann küsse ich ihn. Die anderen glotzen.

"Tu es triste?

Ja, igendwie schon. Am 8. September möchte er zurückkommen in die Klinik. Das ist ja noch ewig. Frechheit. Und gesund ist der auch wieder.Andererseits habe ich gar keine Zeit für Tristesse. Meine Doktor-arbeit schimmelt vor sich hin, und ich habe die ganzen bescheuerten Patienten von ihm.Ich beuge mich über Alain, küsse ihn nochmals.

"Tu veux que je t'appelle quelquefois?"

"Oui, bien sûr".

Ich küsse ihn nochmals, binde mir den roten Pareo un den Bauch, und sage, dass ich so ins Flugzeug steige. Die anderen Paare um uns herum gucken, als ob ich nicht ganz dicht bin. Dann laufe ich davon, schaue nochmals zurück, den Wind im Haar, der Sonnenhut baumelt.

Das Meer ist türkis, ich bin glücklich und traurig und doch wieder glücklich, und dann erwache ich aus meinem Traum.

Als ich nach einer kleinen Verfahrung, in Südfrankreich ist das etwas anders mit den Autobahnen, endlich am Flughafen in Mon-tpellier aufschlage, weiss ich: dieser Mann ist nichts für mich. Den habe ich niemals für mich alleine. Der soll mir doch nicht erzählen, dass er in diesem Schweinedorf nicht Fahrrad fährt. Der? Au Mann. Ich schnappe meinen Koffer, gebe das Auto ab, und begebe mich zum Check-in. Immer noch in meinem rosa Strandfummel, die Haare versalzen und lockig. Nie hatte ich so eine Haarpracht. Mein Sonnenhütchen hinter mir herziehend rauche ich noch eine Kippe. Ein dunkelhaariger Franzose schaut mich an und singt: *"L'été est arrive"* (der Sommer ist gekommen). Ich gönne mir im Flugzeug einen Prosecco, eine dicke Träne rollt mir die Wange herab. Es wird nichts, ich weiss es. Scheiss-Franzose.

24. Klassentreffen

...oder wie Frau sich Herrn Bellini aus dem Kopf schlägt. Sinnvolle Übung. Sehr sinnvolle Übung...nach einer Woche Arbeit in der Klinik steht nun das Klassentreffen an. Ablenkung, Ablenkung.

"Dass Du so einen Scheiß studiert hast, mit Deiner Begabung", sagt Christian Altmann. Also, ich finde Psychologie nicht unbedingt einen Scheiß, wobei man mit Wirtschaft wahrscheinlich reicher wird. Allerdings bin ich reich genug, denn ich habe ja das ganze Erbe meiner geizigen Eltern zu verprassen, aber das sage ich natürlich nicht.

Jamie sieht aus, wie Johnny Hallyday und das sage ich ihm auch. Blitzartig wird gegoogelt, und dann hören wir tatsächlich *"Que je t'aime"* im Original. Später sagt er mir, als ich ihn mit meinem selbstgebackenen Brot gefüttert hätte, sei der Funke endgültig übergesprungen.

Jamie, Christian, Christoph und nochmal ein Christian sind DIE Chaoten aus dem Physik-Leistungskurs anno 2007. Ich habe mich damals nicht sonderlich um die Burschen gekümmert. Ich sass mit Heike in der ersten Reihe im Physiksaal, manchmal strickte ich, manchmal passte ich auf. Meist ärgerte ich mich über meinem damaligen Freund, der mich etwas langweilte, war in Bernd Nudel veliebt, und ab und zu ärgerte ich mich über Janet Dick, das Pferd. Für die Chaoten hatte ich kein Auge. Unsere inoffizielle Abifeier feierten wir auf der Daur-Hütte bei Ötlingen auf dem Tüllinger. Der Tüllinger Berg (460m) - zwischen Rhein, Kander und Wiese gelegen-ist von bescheidener Höhe, aber erlaubt dennoch ein beachtliches Panorama. Am 14. Oktober 1702 war er Schauplatz der Schlacht am Käferholz, an die nur noch ein Denkmal erinnert. Die Daur-Hütte liegt im Ortsteil Ötlingen und man hat eine wunderbare Aussicht auf die Vogesen, Mulhouse, und im Osten auf die BurgRötteln.

Es war damals, 2007, Mai, und es war a****kalt. Wir soffen alles mögliche und taumelten dann irgendwie ans Kant-Gymnasium nach Weil. Jemand, es waren die Chaoten, sollte ich heute erfahren, hatte ein Fenster offengelassen, und wir konnten in die Schule einsteigen. Wir verriegelten die Schule von innen und begaben uns dann zur Nachtruhe, die nicht wirklich stattfand. Als die Schüler um 7.45 Uhr eintrudelten, konnten sie nicht rein. Später haben wir sie dann mit Sekt empfangen.

Ich war anerkannte Spezialistin in Mathematik. Physik nicht ganz so toll, allerdings hatte ich 15 Punkte im Mündlichen. Leider musste ich ins Mündliche, weil ich die schriftliche Abituraufgabe nur rudimentär gepeilt hatte und vorher zu gute Noten hatte.

"Marie, was haben Sie", frage Mathe-Müller, wenn kein anderer ein Ergebnis hatte. "Die Aufgabe ist unlösbar", meinte er weiter, wenn auch ich kein Ergebnis hatte, was selten vorkam, wie ich angeberisch behaupten darf.

Und nun hat jemand beschlossen, dass wir unsere Abifeier wieder auf dieser Hütte feiern werden. Ich bin acht Kilometer zu Fuss gelaufen, habe eine knappe Shorts an, eine weisse Bluse und meinen Sonnenhut, welchen ich in Cap d'Agde gekauft hatte. In meinem Rucksack habe ich eine Flasche Rotwein, vier kleine Wasserflaschen, ein selbstgebackenes Brot, eine Taschenlampe, mein -Schminktäschchen, unter anderem auch mit Kondomen. Der Bellini soll mir ja nicht erzählen, dass er in Cap d'Agde wie ein Mönch lebt. Wo ich den Schweinehaufen vom *Village Naturiste* gesehen hatte.

Die Sonne geht in den Vogesen unter, und ich denke mal kurz nach Südfrankreich.

Wir schauen in den Sternenhimmel und die Opernsängerin singt Carmen. Guido fummelt an mir rum, allerdings springt der Funke nicht über. Ich finde Jamie heisser, der, der aussieht wie Johnny Hallyday. Guido war mit mir im Mathematik-

Leistungskurs, und ich konnte ihn eigentlich nie leiden. Aber heute musste ich ganz schön schauen, als der mit den anderen den Böllerwagen von Haltingen nach oben gezogen hatte: schwarze Haare, schwarze Hose, nackter Oberkörper mit gut definierten Bauchmuskeln. Ich hab gedacht, einer von den Chippendales kommt. Er gestand mir, dass er nun halt mal zehn Zentimeter kleiner sei als ich, und sich nie an mich rangetraut hatte. Aus diesem Grund zog er es vor, mich zu ärgern. Na toll. Guido hat Sport studiert und wohnt mittlerweile in München. Allerdings möchte er wieder zurück in die alte Heimat, da seine Eltern älter werden und er sie unterstützen möchte. Ich sage ihm, dass bei uns die Stelle des Sporttherapeuten offen wäre und er sich bewerben solle. Ich erkläre aber auch, dass Janet Dick die Apotheke leitet.

"'Was, das Pferd? Wo ist die überhaupt"

"Ich glaube, die traut sich nicht, die ist super fett geworden."

Das Flüsschen Wiese glitzert und sieht schnurgerade aus. Irgendwo im Grütt ein Feuerwerk.

Dann sitzen wir am Feuer und singen *Hotel California*, ohne Gitarre. Guido, ich und die Annette, die eine Opernstimme hat. Zum Glück hab ich das schon mal geübt.

Auch Bernd Nudel ist da, in den ich vor 10 Jahren so verliebt war.

"Du wolltest mich damals nicht", spotte ich.

"Ich war zu unreif", meint er.

Und irgendwie ist es wie immer. Alle gestehen mir, dass sie mich immer toll gefunden hätten, sich aber nie an mich herangetraut haben. Ich frage mich allerdings, ob die eine Wette abgeschlossen haben, wer mich bekommt?? Toll, Marie, die Trophäe…(?)

Heimlaufen funktioniert nicht mehr. Das ist alles zu dunkel. Ich sehe ja schon im Wald, wo wir kollektiv "auf Toilette" gehen nix mehr. Also beschliessen wir, in der Hütte zu übernachten. Jamie bringt ein Leintuch. Guido schleicht sich auch heran. Irgendwann sagt Jamie, dass Guido uns doch bitte alleine lassen soll. Guido versichert sich noch bei mir, dass ich wirklich mit Jamie alleine sein möchte und zieht dann enttäuscht ab. OMG, nein Dreier mit den Jungs, das geht nicht.

Ich sitze mit Jamie auf der Bank und schaue den Sonnenaufgang an. Meinen Slip habe ich noch in der Shorts. Jamie kann die Finger überhaupt nicht von mir lassen. Christian eins liegt noch im Koma. Christof Dr. Müller ist auf seinem Stühlchen eingeschlafen. "Warum hasst Du mich so?" hatte er mich gefragt. Ich hasse ihn ja nicht. Aber geärgert hatte er mich auch immer. Dann hören wir ein Traktorengeräusch. Stefan kommt mit dem Traktor. Ich will auch fahren.

"Moment, ich bin sturzbetrunken, darf ich überhaupt was fahren?"

"Alles klar", meint Stefan "dann halten wir einen grösseren Abstand zum Auto". Es durfte nämlich nur ein Auto zur Hütte fahren. Ich setze mich auf den Traktor und fahre ein paar Meter.

Wir frühstücken gegrilltes Baguette und Rotwein. Danach legen wir uns auf den abgemähten Acker in die Sonne. Jamie beschäftigt sich unter dem Leintuch mit mir. Bis Koma-Christian den Berg herunterläuft und fragt, ob alles in Ordnung sei. Passanten hätten gemeint, dass die zwei da nicht so gesund aussähen, sich die Sonne auf die Birne prallen lassen und die Rotweinflasche nebendran.

"Alles gut bei Euch?" fragt er?

"Alles bestens".

"Okay, dann könnt Ihr weitermachen."

Eigentlich voll peinlich. Wie *"pute"*

Jamie lacht die ganze Zeit und sagt, dass er es sich nicht hat träumen lassen, mit MIR…Wobei wir gar nicht Fahrrad gefahren sind. Dazu sei er zu betrunken, meinte er. Schade eigentlich.

Gegen neun Uhr verabschieden wir uns. Die Jungs laufen nach Haltingen und ich nach Brombach. Um 10.00 bin ich wieder in Brombach. Habe unterwegs die ersten Holunderbeeren gepflückt und trage sie in meinem Sonnenhütchen heim. Seltsamerweise habe ich beim Aufräumen ein rosa Jäckchen gefunden. Ich binde es mir um, und überlege, was ich damit zu tun habe.

Am Tag nach der Feier versende ich eine Mail an Alle mit dem Inhalt: "Wer vermisst eine rosa Jacke, Marke XY, Damen, Grösse L (hat mich schon leicht irritiert). Und wehe, wenn sich jetzt ein Mann meldet."

Antwort kommt von Guido. Erst kapiere ich es nicht. Es ist ein Foto, auf welchem irgendjemand Handstand vor einer Gruppe tätigt. Dann sehe ich es: Es ist Guido, und er trägt die rosa Jacke. Ups.

Mail zurück: Bist du noch in Weil, oder soll ich die Jacke Deinen Eltern bringen?

Antwort: Nee, zu mir nach München.

Ich: Ok. Reicht´s noch zum Oktoberfest?

Antwort: Ja.

Zwei Tage später telefonieren Jamie und ich. Die ganze Nacht lang, nein die Halbe Ich hätte es nie für möglich gehalten, dass mich ein anderer Mann so faszinieren kann wie Alain. Er war soooooooo richtig gut. Es war so richtig toll. Als ich heute im

Schwimmbad war, und nach Ötlingen ge-
schaut habe, habe ich gedacht: Au Mann,
was für eine tolle Nacht. Sternschnuppen,
wunderbare Sonnenuntergänge, Sonnenauf-
gänge, und ein Mann, der Dich bedigungs-
los anbetet. Und wenn wir ehrlich sind: Er
war doch besser als Alain. Oder kann frau
das so gar nicht beurteilen? Was mach ich
denn jetzt nur?

In Klammer: Beide behalten!!

Einer gross und blond, Germane, der andere
gross und dunkel, Gallier. Besser geht es
nicht. Die anderen können heimgehen. Abwarten. *La vie est cool*...ENDLICH. Der
Haken an Jamie ist allerdings, dass er in
Braunschweig wohnt und eine Freundin hat.
Dumm gelaufen.

Und irgendwie ist es doch einfach, sich
wieder ein bisschen zu verlieben. Ich betone "verlieben", nicht lieben. Wer war
nochmals Alain? Naja, das Ganze wird irgendwann wieder kippen.

25. Hilfe, die Nachbarin kommt

Dass ich in Lörrach-Brombach lebe, hatte ich bereits erwähnt. Es ist ein denkmalgeschütztes Mehrfamilienhaus im zweiten Obergeschoss. Irgendwie hat es mir hier noch nie so richtig gefallen, gleichzeitig hatte es mich auch nicht wirklich interessiert. Meine Nachbarin zur Linken, Frau Schlendrian, hat eine Allergie gegen Menschen, Tiere, Pflanzen, frische Luft und alles mögliche. Als ich noch an meiner Masterarbeit gearbeitet hatte, hatte ich ein einziges Mal gewagt, sie wegen zu viel Lärm anzusprechen. Ihre ganze verd****** Fasnachtsclique war da, und alle machten einen Höllenkrach.

"Es isch Fasnacht und es isch no nüt ämol Zähni", habe ich zur Antwort bekommen.

Sie, im Gegensatz dazu, steht jeden Tag auf der Matte, wenn ich Pflanzen im Gang falsch gegossen hatte und ein Tröpfchen Wasser überlief. Allerdings zog sie den Gang bei Minusgraden nass auf…

Ich machte es mir zur Gewohnheit, immer wenn sie an meiner Küche vorbeilief, das Fenster zuzuschlagen. Ich muss dazu erwähnen, dass das alte Haus über eine Laube mit Treppenaufgang verfügt. Somit öffnet sich das Küchenfenster zur Laube hin. Und die Schlendrian, die übrigens fünf Jahre jünger ist als ich, alleinerziehende Kindererzieherin übrigens, muss an meinem Küchenfenster vorbeilaufen. Einmal hatte sie morgens um halb zehn geklingelt, als ich gerade 10 Minuten Online-Yoga machte.

"Höre Sia ä englischis Hörspiel? Ma verstoht jedes Wort".

Dann gibt es unten im Erdgeschoss eine Frau Lasa. Verwitwet. Um die siebzig. Die hat nichts anderes zu tun, als am Fenster zu stehen und zu glotzen und mir ebenfalls zu erklären, dass ich die Balkonpflanzen falsch giessen würde. Es würde ab und zu ein Tröpfchen runtertropfen. *This is gravity,* Wasser fällt selten nach oben. Bei der muss ich allerdings vorbeilaufen, wenn ich aus dem Haus möchte.

Man muss dazu sagen, dass diese Damen als einzige Sprache das Alemannisch beherrschen, und das ist vermutlich auch der grosse Knackpunkt. Ich kann das nicht, ich will das nicht können. Ich spreche hochdeutsch.

Eine unsympathische Frau Kurzner, ebenfalls alleinerziehend, wohnte im ersten Obergeschoss. Dick, ungepflegt, unhöflich mit einem ungezogenen halbwüchsigen Sohn und einer schüchternen Tochter. Diese Dame musste im Frühling ausziehen, weil die Wohnungsbesitzer Eigenbedarf angemeldet hatten. Mich hat das schon ein bisschen erfreut, muss ich gestehen. Die fette Frau Kurzner war dick befreundet mit Frau Lasa und dem Schlendrian, allerdings weiss ich nicht so genau, wie die kommuniziert haben. Die Dicke sprach nämlich ebenfalls nur hochdeutsch. Frau Kurzner pflegte den Garten von Juliane Neumair, die im Dachgeschoss wohnt, und sich nicht ungbedingt für Gärten interessierte. Jetzt, da die Kurzner nicht mehr da war, verottete der Garten von Juliane, die Brombeeren waren überreif, die Johannisbeeren faulten. Ab und zu rannten ein paar Kinder in dem Garten herum und pflückten ein paar Beeren. Ich hatte in diesem Sommer erstmals Lust, etwas im Garten zu tun, bepflanzte ein paar verwaiste Körbchen von Frau Kurzner, klaute ab und an ein paar Beeren, so dass es gerade für ein Glas Marmelade reichte, und schnitt ein paar Ranken im Garten von Juliane, damit man den Weg noch finden konnte.

Weiterhin im Erdgeschoss wohnt auch Herr Kobold. Ein kleiner Zwerg, der meist in dreckigen Klamotten rumrennt und Fahrräder (ich meine jetzt echte Drahtesel) repariert. Im Prinzip hatte ich auch noch nie ein Problem mit dem.

Neben mir zur rechten wohnt Herr Dr. Thoop, Chemiker. Meist ist er nicht da, wenn man ihn sieht ist er höflich, ab und zu riecht man es, wenn er den Gang mit Ammoniak oder Ähnlichem desinfiziert (Kehrwoche). Auf dem gleichen Stockwerk wohnt noch Herr Lutz, ebenfalls alleinerziehend, mit zwei netten, wohlerzogenen Kindern. Als Herr Lutz vor drei Jahren eingezogen ist, hat die Schlendrian gleich mal eine Hausparty veranstaltet und wollte den anbaggern. Scheint nicht geklappt zu haben, denn Herr Lutz sieht erstens gut aus und hat zweitens irgendwas studiert. Neben Juliane im Dachgeschoss gibt es noch eine japanische Familie mit einem süssen Fünfjährigen. Immer wenn der die Treppe hochgeht und ich das Küchenfenster aufhabe, fragt er: "Marie, hast Du Kuchen?" Jetzt habe ich natürlich noch ein paar Gestalten vergessen zu erwähnen, gleichzeitig gibt es über die aber nichts Nennenswertes zu berichten. Noch nicht.

An diesem sonnigen Vormittag im August kehrte ich gegen Mittag von der Klinik zurück, da ich noch auf den Markt wollte, ein Hähnchen braten, und um 15.00 freute ich mich auf das Telefonat mit Jamie. Ich hatte Hunger und musste auf die Toilette. Keine gute Kombination. Ich warf mein Handtuch auf die Wäschespinne, als plötzlich die fette Frau Kurzner um die Ecke sprang.

"Sieeee machen in meinem Garten keine Beeren mehr ab, und Sieeee werden auch keine Büsche mehr schneiden."

"Frau Kurzner, mir ist nicht bekannt, dass Sie hier jemals irgendeinen Besitz hatten."

"Das habe ich mit Juliane abgemacht. Bis zum Herbst ist das MEIN Garten."

"Aha, okay, von mir aus" räume ich ein. Ich will auf die Toilette.

"Und was ist mit der Wäschespinne da? Ist das auch Ihre?"

"Ja, das ist meine", antwortet die Kurzner.

"Das haben wir nun also geklärt, Frau Kurzner, jetzt können Sie ja wieder *Guten Tag* sagen.

"Neiiiiin, Sie grüsse ich nicht."

Auch egal. Auf die Alte kann ich verzichten. Ich gehe nach oben, endlich auf die Toilette und dann auf dem Balkon eine rauchen. Im Garten befindet sich: Frau Kurzner. Sie wäscht sich ihre fetten Arme am Gemeinschaftswasserhahn. Das geht natürlich nicht!

"Das ist unsere Wasser, Frau Kurzner", plärre ich lautstark vom Balkon. "Waschen Sie sich gefälligst daheim"

"Und das ist MEIN Garten, mein Garten, bis zum Herbst, und wie Sie sehen, ist jetzt Sommer."

"Aha", füge ich noch hinzu "ich hab nur so das Gefühl, dass bei Ihnen schon ein paar Blätter abfallen."

Danach widme ich mich meinem Hähnchen und telefoniere mit Jamie. Ich ärgere mich aber trotzdem und grüble nach, wer mich den bei der Kurzner verpetzt haben könnte. Die Lasa sieht nicht in den besagten Garten herein, den Lutz interessiert das alles nicht, und dick befreundet ist die Kurzner mit der Schlendrian.

Wütend plärre ich im Bad "Danke, fürs Petzen, Schlendrian", als diese heimkommt. Kann man immer gut hören, wenn es im Gang niest. Ich habe sämtliche allergieauslösende Pflanzen auf meinen Spaziergängen gesammelt und diese kunstvoll in einen Türkranz eingearbeitet. Und das Bad ist extrem hellhörig. Jahrelang hat die Erzieherinnen-Schlendrian ihren Sohn zusammengeschrieen, da hätte man glatt das Jugendamt anrufen sollen. Ich vermute, dass der ebenso doof ist wie sie und deshalb nicht in die Schule wollte. Finde ich auch nicht so toll. Schade nur, dass Schlendrian nicht da war, als Alain mal da war. Ach, Alain, ich vermisse Dich. Schluchz. Trägt natürlich auch nicht zur besseren Laune bei.

Am nächsten Tag fahre ich wutschnaubend in den Baumarkt und kaufe eine neue Wäschespinne. Ich kläre Herrn Lutz, der meist *Homeoffice* macht, über die Sachlage auf und bitte ihn, mir bei der Installation zu helfen, was er anstandslos tut. Die Wäschespinne von der Kurzner schmeisse ich in "ihren" Garten. Danach grabe ich MEINE Pflanzen aus den Gemeinschaftsblumenkästen und den Körbchen und pflanze sie auf MEINEM Balkon. Jetzt ist Ruhe denke ich. Weit gefehlt.

Ein paar Tage später kann ich einen schlammigen Rucksack auf MEINER Wäschespinne identifizieren. Ganz klar Eigentum des dreckigen Koboldes. Das Ding zieht die Spinne nach links und nervt. Nach drei sonnigen Sommertagen war der Rucksack dann endlich trocken und ich erdreiste mich, das hässliche Ding abzuhängen und dem Kobold vor die Türe zu stellen. Dann nehme ich einen schönen weissen Stein, den ich am Rhein habe mitgehen lassen und schreibe darauf *"dies ist eine Wäschespinne für saubere Wäsche"*. Immer schön positiv formulieren.

Und dann geht es richtig los. Der Kobold entsorgt den Stein und meckert rum, dass jeder da aufhängen könne, was er wolle. Die alte Lasa mischt sich ein und meckert rum, und zu allem Überfluss zieht noch Nicolos Sohn Marco in die Wohnung der verstorbenen Mutter von Frau Lasa. Nicolo ist ein hässlicher untypischer Italiener. Klein und mit Zahnlücke. Wenn der mit seinem dicken Audi rumkutscht, meint man, das Auto fährt ohne Fahrer. Nicolo hat früher hier gewohnt, zeichnete sich durch Unfreundlichkeit und Nicht-Grüssen aus.

Typische Italiener sind super-begeistert von mir (*bella bionda*), aber vermutlich leidet dieser auch unter dem Guido-Syndrom. Er zu klein, ich zu unerreichbar.

Ich habe mir in der Buchhandlung so ein kleines Post-it Blöckchen gekauft. *Scheisse geparkt* steht drauf. "Sie glauben gar nicht, wie schnell so ein Blöckchen leer ist", lachte die Buchhändlerin. Einmal habe ich eines einem Schweizer draufgeklebt. Was der damit gemacht hatte, weiss ich nicht. Als eines Abends der dumme Nicolo wieder einmal in zweiter Reihe im Hof parkt, klebe ich blitzschnell so einen Kleber drauf. Daraufhin kommt der Typ die Treppe hochgerannt. "*Vaffanculo stronza*", schreit er. "*Vaffanculo stronzo*" schreie ich zurück. Dann reicht es mir. Ich gehe runter und klingle.

Die Lasa macht auf.

"Ich hätte gerne Herrn Nicolo gesprochen"

"Dees gooht nit, Frau Schuhmacher, denne eskaliert´s widda."

"Mir egal, ich lasse mich von dem nicht beleidigen"

In der Zwischenzeit taucht Nicolo auf, meckert in seinem rudimentären Deutsch rum, und auch sein Sohn erscheint.

"Gehen Sie wieder hoch", meint dieser.

"Nö, ich stehe hier so lange im Hof rum, wie es mir passt."

Dann überlege ich. Hmm. Dieser Marco sieht eigentlich ganz gut aus. Bisschen dünn vielleicht, um die 20. Nix für mich.

"Eigentlich haben Sie einen hübschen Sohn Herr Nicolo. Wie haben Sie den das hinge-kriegt? Oder hat sich Ihre Frau was anderes einfallen lassen?"

"Werrdde Sie nit albern, Frau Schuhma-cher", meckert die Lasa.

"Das ist nicht albern, das ist Genetik".

Es schaukelt sich weiter auf, die Lasa me-ckert, ich hätte eh nix zu tun den ganzen Tag, ich meckere zurück, dass sie nichts Besseres zu tun hat, als aus dem Fenster zu glotzen. Und dass ihr Mann wohl seine Gründe hatte, warum er sich irgendwann mal im Winter in den Kanal gestürzt hatte. Gut, ich gebe zu, das war ziemlich gemein, und ich Depp entschuldige mich sofort.

"Ihre Entschuldigung nehme ich nicht an", sagt die Alte "Sie sind ab jetzt für mich Luft". Schön, auch gut, dann haben wir ein Problem weniger.

Die Erfahrung allerdings zeigte, dass ich sehr interessante Luft bin. Sie glotzt näm-lich immer noch. Bunte Luft.

26. Pferderennen

Wissen Sie, wer die Chefs im Lörracher Freibad sind? Es sind nicht die hormon- überlasteten Jungspunde. Und nicht die Schwimmmeister. Da gibt es eine Gruppe, die in der Rangordnung alle übersteigt: die Rentner. Jene, die mit ihrem Arbeitsleben abgeschlossen oder so gut wie abgeschlos- sen haben, die morgens schon kurz vor neun da sind und, sobald sich das Tor öff- net, mit behändem Schwung ihre Plätze in Beschlag nehmen. Nicht, dass Eile vonnö- ten wäre. Jeder hat seinen Platz und unter den Stammgästen wird das respektiert. Sel- ten kommt es vor, dass ein unwissender Gelegenheitsgast die auf den Liegestuhl gemeisselte Badeordnung durch unwissent- lich falsche Handtuchablage stört. Für die- jenigen, die tagsüber nur kurz zum Schwimmen vorbeischauen hat die Senio- rengang am Beckenrand unschätzbaren Wert. Zum einen ist da immer jemand, bei dem man seinen Kram sicher deponieren kann. Und, was noch viel wichtiger ist: Da ist immer jemand, der Zeit hat für ein Schwätzchen (Ganter, K., 2017)

Es ist ja ganz speziell da in Lörrach. Als ich noch unsichtbar war, sprich magersüchtig und dürr, hat sich kein Mensch für mich interessiert. Da fällt mir ein alter Poesiealbumspruch ein: „...das Bedauern ist falsch, der Neid aber echt".

Ich wäre ja nicht von mir aus böse geworden. Aber: Ich liege eines Samstages im Schwimmbad, hatte meine 1.000 Meter gerade absolviert, und lese auf einer der besagten Bänke. Meine Augen sind nicht so die Besten, gleichzeitig kann ich in der Sonne wunderbar ohne Brille lesen. Ich lese (keine Ahnung was, eine Studie, ein französisches Buch?), als es plötzlich dunkel wird. Marianne, die „Chefin" des Bades, eine über 70-Jährige Schwarzhaarige und Auftoupierte Alte hat mir ihren Sonnenschirm hingedreht. Mmm. Ich brummle, die Alte quakt in schäänsten Ossideutsch: „ Gänsefleisch mal ruhisch sei, deswege hab ich ja de Bank heer, damit och dä Schörm drehe ka wie ich will." Kotz. Ich halte die Klappe und sehe, dass eine andere Liege frei wird. Packe meinen Kram zusammen und ziehe um.

„Warum bist so blöd?" quakt mich die Alte an.

„Ich diskutiere mit Ihnen nicht, wer blöd ist", gebe ich zurück und ziehe um. Eigentlich habe ich keine Lust mehr, in dem Bad zu bleiben. Dann entdecke ich Petra, eine

Freundin von früher, im Becken. Ich setze mich an den Rand und schildere die Ereignisse.

„Weisst Marie, das mit dem Pferderennen sollten wir eigentlich mal mitmachen. Nur so *just for fun.*" Der Bademeister hat das mal als Pferderennen bezeichnet: Die stehen vor dem Eingang, warten, und wenn die Klappe hochgeht, dann springen sie wie die Pferde beim Pferderennen, damit sie ja ihre spezielle Bank bekommen.

„Super. Aber wir stehen dann um 8.00 Uhr auf der Matte."

Petra und ich suchen uns einen wunderbaren heissen Tag Ende August aus, an dem ich mir den Morgen frei nehme, und verabreden uns auf 8.00 Uhr morgens. Einen Tag vorher treffe ich am Rhein noch einen Typen, der früher in Lörrach gelebt hat und jetzt nur noch sporadisch nach Weil am Rhein kommt, um seine Mutter zu pflegen, bzw. eine Pflege zu organisieren. Den spanne ich auch noch ein für das Pferderennen. Als ich heimkomme habe ich eine Message von Petra, dass sie nicht kann, wegen eines Optikertermines. Gut, ich habe ja noch Thomas.

Am Folgemorgen schlage ich um 8.00 Uhr vor den Toren des Lörracher Freibades auf. Thomas kommt um 8.01 Uhr. Ich habe eine Kühltasche dabei, Frühstück mit Eiern, selbstgebackenem Brot, Tomaten von Balkon und Marmelade plus Butter. Bin gerüstet mit Turnschuhen, Trikot und kurzen Hosen. Als ob ich Jahre dort einziehen möchte. Um 8.05 erscheint Willi, der König vom Schwimmbad. Willi *quatorze, la piscine c'est moi.*" Wir plaudern lustig, dann geht es los: Um 8.15 Uhr erscheint Marianne, und dann, o Schreck, Frau Roswitha Z., die notgeile Alte aus der Klinik, die rausgeflogen ist, weil sie Stiebitz belästigt hatte. Dann, der Countdown läuft: Um 8.30 Uhr öffnet die Bademeisterin die Tore zu den heilgen Hallen. Ich lasse Willi den Vortritt, er ist schliesslich der König vom Schwimmbad. Dann sprinte ich, eigentlich gehe ich mit grossem Schritt, zielstrebig auf Bank Nummer Sex von links gesehen. Die Bank von Marianne. Thomas folgt mir. Wir lassen uns nieder, und Thomas findet die Bank total bekloppt, da sie im Schatten ist. Wir MÜSSEN bis um 10.00 Uhr rumsitzen, Kaffee trinken und rauchen. Marianne fängt fast an zu heulen, weil sie ihre Bank nicht hat, obwohl nebendran eine genauso schöne Bank mit Schirm vorhanden ist. Frau Z. glotzt giftig um die Ecke, weil ich „schon wieder einen Neuen" habe.

Endlich begeben wir uns ins Wasser. Thomas macht Triathlon und ist ein dementsprechend guter Schwimmer. Wir okkupieren die Schnellschwimmbahn, die extra für „schnelle Schwimmer" abgesperrt ist.

Meist muss ich lachen, gleichzeitig paddeln wir unsere 1.000 Meter runter. Schmetterling muss auch noch sein. Ich schaffe leider nur 25m, dann saufe ich ab. Mein Trainer hat damals gesagt, dass ich damit Blumenpötte gewinnen könnte. Aber ich habe halt nicht so besonders viel trainiert. Nach einer halben Stunde sind wir draußen, ich gehe duschen, und sehe, wie die magersüchtige Freundin von Marianne einläuft. Ein dürres, kettenrauchendes Etwas. Nicht schön anzusehen. Ich schwinge mich in meinen orange-farbenen Bikini und dann fangen wir an zu frühstücken. Zwischendrin macht eine Banknachbarin Fotos von uns, die Alten und die Magersüchtige glotzen und lästern wie die Blöden. Um halb zwölf packen wir zusammen, denn Thomas hat einen Termin mit seiner Mutter, und ich sollte noch in die Klinik. Wir verabreden uns gleichzeitig für den Abend im Biergarten der Burg Rötteln. Wir laufen, als Gag, händchenhaltend raus, und ich spüre die Blicke der giftigen Alten im Nacken.

Nach der Arbeit laufe ich hoch zur Burg. Thomas kommt unwesentlich später nach. Die Sonne brennt, es ist noch heiss. Wir trinken eine Weinschorle zusammen und begegen uns dann in neue Gefilde. Auf einem Maisfeld machen wir einen Stop. Thomas hat alles dabei, Sauvignon Blanc vom eigenen Weinberg, Essen, Gläser. Wir sitzen im Maisfeld und machen ein Picknick. Danach kommt das, was kommen musste. Es ist nicht schlecht, gleichzeitig vermisse ich Alain so sehr. Aber der wird auch nicht wie ein Mönch leben…ach, A-lain. Ich habe den Blick auf die Vogesen und nach Frankreich. Ich möchte lieber nach Frankreich. Und irgendwas stört mich auch an Thomas. Ich vermute, dass es das ist, dass er mich ausgesucht hat. Das ist ein grober Fehler. Wenn ich mit allen Fahrrad fahren wollte, die mich aussuchen, da hätte ich ja viel zu tun. ICH muss die Fahrräder aussuchen, wie Alain, wie Jamie. MIR müssen sie auffallen, nicht ich ihnen. Aber wie sagt man so schön: hinterher ist frau immer schlauer.

Später latschen wir durch die Dunkelheit. Ich weiss, dass ich den Weg finden werde, da ich jahrelang dort oben gejoggt bin. Wir finden das Auto von Thomas fast nicht mehr. Irgendwann haben wir es, dann fahren wir in die Stadt nach Lörrach. Am „Wilden Mann" gibt es noch zu trinken, rauchen muss man allerdings draussen. Auch hier werden die Gehsteige um 23.30 Uhr eingeklappt. Wir finden noch eine Bar L´Atelier" in Lörrach. Dort darf man rauchen, und wir kippen noch ein zwei Biere. Wir kommen mit Arabern ins Gespräch, die mich ebenfalls für eine Französin hielten. Dann bringt mich Thomas nach Hause, vorher halten wir noch an einem Parkplatz an der Wiese…

In jener Nacht kehrte Alain Bellini von Cap
d´Agde zurück.

27. Herbst in der Klinik

Als ich am nächsten Morgen etwas verkatert in der Klinik ankomme, sehe ich das
Auto von Alain dort stehen. Mein Herz
macht einen Hüpfer vor Freude. Er ist wieder da, er ist wieder da. Was bin ich doch
kindisch...am Abend vorher sich mit
Thomas vergnügen, den ich jetzt irgendwie
wieder loswerden müsste. Allerdings klärt
sich das von alleine, denn er muss ja wieder
heim in die Pfalz. Heute bin ich unsichtbar
und voll mit Arbeit eingedeckt, und morgen
ist der eh wieder weg. Das „Pferderennen"
war lustig, den Rest hätte frau sich schen-
ken können. Die Bäume bei den Parkplät-
zen färben sich langsam bunt, und es ist
klar, dass jetzt bald der Herbst einziehen
wird, und mit ihm viele, viele neue Patienten, die von der Herbstdepression gepackt
werden. Im Sommer ist die Klinik meist nur
halb belegt, aber sobald die Tage kürzer
und grauer werden, folgt ein Patient nach
dem anderen. Ich muss unbedingt mal
Guido anrufen, ob er sich die Sache mit der
Sporttherapie überlegt hat. Denn bei Depression helfen genau drei Dinge, man kann
es nur gebetsmühlenartig runterbeten: Be-
wegung, Therapie und gegebenenfalls Medikamente, wobei ich kein Fan von Pillen

und der Pharmaindustrie bin. Allerdings, dem Herrn O. musste man Chemie reinkloppen, sonst würde der jeden Tag bis zum Feldberg und zurück joggen und hinterher völlig dehydriert sein. Ich gehe mal raus, eine rauchen. Vielleicht treffe ich Alain da.

Als ich einen Schritt in den Garten in Richtung Fahrradkeller tätige, sehe ich ein Polizeiauto heranfahren. Heraus springen der Mainzelmann und drei Beamte in Uniform.

„Ah, Marie, guten Morgen. Wo ist die Apotheke bei Euch?"

Was will denn der jetzt in der Apotheke. Ah, Janet Dick. Die hatte ich heute aber noch gar nicht gesehen. Die Beamten und der Mainzelmann springen los, und waren nicht mehr gesehen. Stattdessen kommt Alain braungebrannt um die Ecke.

„*Salut, bienvenu aux foux*", grinse ich. Alain sagt gar nichts. Er guckt mich nur so komisch an, raucht in Windeseile eine Kippe und verschwindet wieder. Was war das denn? Steht mir auf dem Hintern geschrieben, dass ich ein kleines Techtelmechtel mit Thomas hatte? Sicherlich nicht. Ich gehe in die Toilette, zum Händewaschen. Leider gibt es dort aus psychologischen Gründen keine Spiegel. Ich weiß, wie ich aussehe, so wie immer. Etwas müde halt. Auf dem Gang begegnet mit Catherine.

„Oha, Dein Franzose ist ja wieder da. Und die Nacht muss heiß gewesen sein. Du hast einen tollen Knutschfleck am Hals", grinst sie.

Ach Du Sch...deswegen der bescheuerte Blick. Ohje, ohje.

„Hast Du einen Abdeckstift?"

„Ja, in meinem Büro, komm mit."

Auf dem Weg zu ihrem Büro schießen die Polizisten um die Ecke.

„Janet Dick ist verschwunden. Wir wollten sie verhaften, denn die KTU (Kriminaltechnische Untersuchung) hat in ihrem Bestand das Gift der indischen Krait gefunden und abgeglichen. Jetzt ist sie weg, und wir haben ihren Computer geknackt, und ein Online-Ticket Zürich-Mumbai gefunden. Der Flug ging gestern Abend, die müsste schon in Indien sein", regt sich der Mainzelmann auf.

„Also war es Janet Dick, schlussfolgere ich. Aber doch sicher nicht alleine? Den O. hatte ich auch noch gesehen."

„Den Verdacht konnten wir nicht beweisen. Sie wissen ja, der Herr O. ist ein psychisch labiler Mensch, möglicherweise wurde er von der Dick manipuliert, und außerdem steht er selbst unter Medikamenteneinfluss. Was hast Du da am Hals, Marie?"

„Sonnenbrand", sage ich. Und die Polizisten trollen sich von dannen. Ich gehe mit in das Büro von Catherine, wo sie mir den Knutschfleck überschminkt.

„Und, wie war es?"

„Es war nicht der Franzose. Ich war gestern genervt, und nach dem Sport im Freibad mit Thomas habe ich mich abends nach ein paar Drinks hinreißen lassen. Allerdings mit Sattelschutz und allem. So toll war es nicht."

„Ist Thomas der Künstler?"

„Ja."

„Stimmt, so toll ist er nicht. Aber gut durchtrainiert. Reg´dich nicht auf."

„Aber das Schlimmste ist, Alain hat das heute morgen gesehen und mich nicht mal gegrüßt."

„Dann ist er eifersüchtig, der gute Franzose. Das ist doch ein gutes Zeichen. Andere Frage: Was machst Du am Wochenende? Es ist Oktoberfest, und ich würde gerne mal nach München. Außerdem ist am Sonntag im Stadion das Training vom FC Bavaria. Ich würde ja so gerne mal den großen Torwart aus der Nähe sehen."

„Ihgitt. Fußball. Und nach München fahren wir sicher stundenlang. Und wo übernachten? Wenn Oktoberfest ist, ist doch eh alles belegt."

„Hattest Du nicht einen Abikollegen, dem Du noch ein rosa Jäckchen bringen solltest?"

Die merkt sich auch alles. Stimmt. Und bezüglich der Stelle als Sporttherapeut wollte ich auch noch mit ihm sprechen.

„Und wenn Du mit kommst, kann er mich nicht vergewaltigen", feixe ich.

Ich schreibe eine Nachricht an Guido, und innerhalb kurzer Zeit kommt die Antwort. Wir werden am Freitagmittag losfahren. Ich muss mich eh ablenken von dem öden A-lain, weg von Thomas, weg von der Klinik. Das mit Janet Dick amüsiert mich eher, als dass es mich stört. Soll sie doch in Indien bleiben, irgendeine Schlange wird sich ihrer schon annehmen, denke ich böse.

28. München

Wir fahren nach München. Haben wohlge-
launt mein Auto vollgeladen mit Dirndl,
Nerzjäckchen, Sporttasche, Turnschuhen,
und was Frau noch so braucht. Jeder in diesem Schei*haus wird wissen, wohin ich
fahre.

Catherine ist guter Dinge. Auch sie hat
Dirndl und Style dabei. Offen können wir
definitiv nicht fahren, so voll ist der Kofferraum. Ich beschliesse, die Route über die
Schweiz, also Zürich, Kreuzlingen, Konstanz, Meersburg zu nehmen. Vorher war
ich noch beim Friseur und habe mir einen
schicken Zopf flechten lassen. Alles läuft
prima. Es ist der 21. September 2017, das
Wetter ist wunderbar, und wir düsen auf der
Autobahn A3 Richtung Zürich und danach
Richtung Kreuzlingen/Konstanz. Grausa-
mer Stau am Nordring Zürich, dann verir-
ren wir uns. Treffen aber gegen 12.00 in
Konstanz an der Fähre nach Meersburg ein.
Ein Fähreinweiser teilt uns unseren Platz
zu, ich bezahle und wir begeben uns ans
Oberdeck, mein selbstgeschmiertes Brot
kauend. Wundervoller Blick über den See.
Ich fotografiere, staune, freue mich. Nach
15 Minuten ist der Zauber vorbei und die
Fähre legt in Meersburg an. Hmm. Nun

weiter. Wir fahren weiter Richtung Ravensburg, und dann verlässt mich alles. Mein Navi, meine Sinne, mein Verstand. Ich habe keine Ahnung mehr, wo ich bin. Irgendwann halten wir in einem Kaff und fragen mal wieder nach dem Weg. Wir sind Frauen, wir dürfen das.

Man weist mir einen Weg, aber ich befinde mich auf dem Weg nach Ulm. Auch schön, aber da wollte ich gerade nicht hin. Nach langem Hin und Her befinde ich mich wieder auf einer Autobahn. Diesmal Richtung Memmingen und…MÜNCHEN.

Um Punkt 16.00 schlage ich in der Ehrenstrasse auf. Guido wartet schon völlig entsetzt:

„Mein Gott, Marie, was macht Ihr denn so lange?"

Ich parke ein, und sammle mich.

„Das ist Catherine", stelle ich meine Freundin und Kollegin vor

Er: „Ich habe nie geglaubt, dass Du wirklich kommst, kommt hoch"

Guido empfängt uns in seiner Bude. Hallelujah. Da ist NICHTS. NICHTS. NICHTS. Eine Dachwohnung, ungefähr 13 Fenster, ein Schreibtisch, nichts. Ich schlucke und schmeisse meine Tasche auf den Boden. Catherine grinst und macht das Gleiche.

„Äh, und nun?"

170

„Packt mal aus, Bier ist im Keller, aber eigentlich könnten wir gleich eins aufmachen."

„OK"

(Bier her, oder ich fall um).

Wir machen uns ein Bier auf, prosten, und überlegen dann, was wir weiter tun könnten.

Ich erzähle die Geschichte mit den Nachbarn. Dass die eigentlich schon seit Ewigkeit blöd zu mir sind, und ich gar nicht weiss, was ich falsch gemacht habe.

„Marie, bist Du etwa leicht bekleidet im Garten rumgesprungen?"fragt Guido.

„Öh".

Klar. Wenn ich mal was im Garten gemacht hatte im Sommer, dann hatte ich eine Shorts und ein Bikinioberteil an.

„Das war das Problem", meint Guido. Catherine grinst.

Toll. Soll ich in Sack und Asche gehen wie die Kurzner?

Wir packen mal unsere Sachen aus. Eine Kleiderstange hat er ja zumindest.

„Du brauchst aber nicht meinen, dass Du mit diesem Dirndl punkten kannst hier in München, die haben die teuersten Dinger an."

Das ist mir doch sowas von schnuppe. Hauptsache Spass.

„Welche Schürze soll ich nehmen?" Ich habe eine Weisse, etwas zu kurz Geratene, und eine silbrige Teure. Die Originalschürze von Mama habe ich nicht mehr gefunden.

„Wir müssen erst mal die Schürzenbindungswissenschaft studieren", meint Guido und klimpert am Computer rum. „Aha, da habe ich es: Schleife rechts bedeutet verheiratet, Schleife links Single, Schleife vorne Jungfrau und Schleife hinten Kellnerin."

Sehr witzig. Ich dusche mal ein bisschen und ziehe mich dann an. Catherine macht das Gleiche. Sie hat ein schönes blaues Dirndl an. Guido grinst interessiert. Wir beschliessen, sobald wir fertig sind, auf die Wiesn zu gehen. Rotes Dirndl, beide Schürzen. Ich habe die Weisse rechts gebunden und die Silberne obendrüber gezogen und links gebunden. Mal was Neues. Dann machen wir uns auf zur S-Bahn. Schwarze Turnschuhe, rote Socken. Zum Glück wohnt Guido im Westteil von München und ich musste nicht durch die ganze Stadt fahren. Die S-Bahn Station ist zehn Minuten entfernt. Wir lachen und blödeln. Ausserdem sind wir schon sichtlich angeheitert. Die ganze S-Bahn ist voll mit Dirndl, Lederhosen, Typen mit Bierflaschen in der Hand undsoweiter. Als wir ankommen, steht ein grosses Polizeiauto auf der Verbindungsbrücke. Aus dem Megaphon dröhnt Discomusik.

„Ist das jetzt die Polizei oder die Disco, frage ich.

„Beides, die wollen sich volksnah geben".

Spannend. Am Eingang zur Wiesn Security.

„Ob die Dich da reinlassen mit Deiner Riesentasche von Yves Saint Laurent?"

Sie lassen mich rein. Danny, der Trottel am Strand, hatte ja gesagt, die lassen mich nicht rein mangels Oberweite. Ha, das werden wir ja mal sehen.

Und drin sind wir. Riesenrummelplatz. Noch mehr Leute, noch mehr Dirndl. Am authentischsten sehen die Asiaten in ihren Trachten aus. Nicht wirklich.

Das erste Zelt ist voll, da kommen wir nicht rein. Beim zweiten haben wir Glück. Wir landen im Zelt Fischer-Vroni, und die ganze Bude stinkt nach Fisch. Ich kriege Hunger. „Nix da", meint Guido. „Abends wird nichts gegessen, das macht fett. Wir trinken nur Bier".

Naja, komische Diät. Allerdings scheint sie zu funktionieren, denn Guido hat den phänomenalen Sixpack als Bauch. Eine Mass kostet 10,60 Euro. Wir teilen uns mal eine und finden sogar ein Plätzchen. Wir singen und grölen, die Band spielt Helene Fischer und auch die Toten Hosen. Als Catherine auf dem Klo ist, spendiert mir ein Bayer einen Haselnussschnaps. Dann fragt er mich:

„Du soag moal, Dei Gschpusi da, ist der schwul?"

„Keine Ahnung", gebe ich zurück „Das muss ich heute Nacht noch herausfinden".

Komischerweise bin ich den Haselnuss-schnapstypen dann los. Guido sieht schon etwas lustig aus. Tiefschwarz gekleidet, dazu meine Baskenmütze auf dem Kopf. Er sei schliesslich in Paris geboren und müsse ein bisschen den Franzosen raushängen lassen. Irgendwann fängt er an, ein Video zu drehen. Als ich das bemerke, befinde ich, dass wir ein noch besseres Video drehen sollten und stelle mich auf die Bierbank. Ich schnappe mein rechtes Bein und ziehe es hinten nach oben. *Dancer's Pose*, nennt man das im Yoga, oder Bielmann-Pirouette beim Eislaufen. Interessanterweise falle ich nicht um. Und das bei dem ganzen Bierkonsum.

Ein Typ nähert sich von unten:

„Du soag mol, ich muass di mol wos froagn, bist vom Ballett?"

Genau. An der Bayerischen Staatsoper. Leider bin ich ehrlich:

„Nur Hobbyballetttänzerin, und auch das nicht mehr".

„Ah, und er do?" Er deutet auf Guido.

„Er nicht, er ist Turner".

„Woass, Tormann? Handball?"

„Nee, Turner, Handstand."

Ehrlich gesagt mussten wir das Video zu Hause fünf Mal anschauen, bis wir verstanden hatten, was gesagt worden ist. Ich wundere mich manchmal schon über meine Schlagfertigkeit.

„Du, Guido, warum ist denn der so klein?"

„Marie, ich darf Dich daran erinnern, dass Du auf einer Bierbank standest".

Catherine hatte in einer Ecke ein paar Spieler vom FC Bavaria gesehen und sich langsam angenähert. Leider war ihr Favorit nicht dabei, und die anderen waren betrunken.

Das Fest ist viel zu schnell vorüber, um halb zwölf klappen die schon die Gehsteige ein. Wir schwanken zurück zur S-Bahn und schliesslich wieder „nach Hause".

„Schei**e.wir haben kein Wasser mehr", meint Guido. Und fügt hinzu: „Dann müssen wir halt den Sekt trinken"

Gute Idee. Wir trinken den Sekt und dann rollen Catherine und ich die Schlafsäcke aus und übernachten im Wohnzimmer. Ich weiss nicht genau, wann wir eingeschlafen sind, es muss so gegen 5.00 Uhr morgens gewesen sein. Richtig toll schlafen kann ich nicht, ausserdem fühle ich mich schmuddelig. Als ich vor Jahren in der Klinik mein Praktikum gemacht hatte, hatte ich gedacht, das Schlimmste wird sein, jeden morgen pünktlich um 8.15 Uhr in der Morgenteambesprechung aufzutauchen. Bis dahin war ich Langschläfer. Das End vom Lied war, dass ich morgens stets um 7.30 Uhr auf der Matte stand, um ordentlich am Frühstücksbuffet Croissants und Bananen abzugreifen.

So auch hier. Um 9.00 Uhr halte ich es nicht mehr aus. Mein Kopf brummt, und ich beschliesse, unter die Dusche zu gehen. Guido brummelt vor sich hin. Als ich fertig bin, die Schminke Wasserfest von Dior hatte schon die Abifeier-Nacht überlebt, und so auch hier, meckert Guido rum:

„Hättest Du nicht in einer Message vermerken können: Stehe früh auf. Jetzt hab´ich gedacht, ich könnte mal bis um 10.00 Uhr pennen nach dem Stress in Köln."

Catherine ist auch wach, klar, bei dem Krach, den ich mache.

Das Frühstück ist rudimentär. Es gibt keinen Kaffee, nur grünen Tee. Bäh. Das ganze natürlich ohne Zucker, dazu ein Käsebrötchen. Hilfe. Danach latsche ich nach unten, eine rauchen. Die Nachbarn sind sichtlich erschüttert, wie ich „Guten Morgen" sage.

Mein armer Kopf. Kopfweh ist Dehydrierung nach dem Allohol. Also Wasser reinschütten.

„Was möchtest Du anschauen?"

Guido hatte einen Riesenplan gemacht. Erdinger Therme, Universität, Frauenkirche, Maximilianstrasse, Marienplatz, Isar undsoweiter. Mir ist klar, dass man das in 2,5 Tagen nicht schaffen kann. Catherine wird auf jeden Fall zur Allianz Arena fahren und beim Fußballtraining zuschauen. Ohne mich. Guido gibt ihr einen Ersatzschlüssel, falls sie früher zurückkommen sollte.

„Och, ich würde gerne die schicke Strasse angucken".

„Okay, dann fahren wir zuerst zur Uni, dort ist ein schönes Café, von da oben hat man einen guten Blick über ganz München".

Ich trage meine Bundeswehrhose, eine weisse Bluse, das Nerzjäckchen meiner Mutter und pinke Schuhe. Gefakter Chanel-Schal.

„Willst Du wirklich mit diesen Schuhen durch München laufen? Nimm doch die Turnschuhe."

„Bäh, wenn ich durch affige Strassen laufe, laufe ich mit affigen Schuhen und affiger

Rey-Bang. Diese Schuhe sind voll bequem, da ist noch nie was passiert. Auf geht´s"

Die S-Bahn ist an diesem Freitagmorgen wieder überfüllt. Dirndl, Lederhosn, Bier am frühen Morgen. Eigentlich hätte ich auch gerne eines, vielleicht würde dann mein Kater weggehen. Ich traue mich aber nicht, etwas zu sagen. Wir blödeln und sind dann in der Innenstadt. Erst werden die Gebäude besichtigt, die Hitler als Zentrale benutzt hatte. Dann laufen wir zur Uni.

Die Aussicht ist toll da oben, das Wetter wunderbar. Frauenkirche, BMW-Tower, Olympia-Stadion. Selbst das Wasser wird in Masskrügen serviert. Das ist auch nötig, und langsam bessert sich meine pochende Rübe. Danach schlendern wir zu Vincent Murr, kaufen uns Salat und setzen uns damit in den Hofgarten. Ich bemerke eine Blase am rechten Fuss und verarzte die mit einem Pflaster. Später besichtigen wir noch die Surfer am Eisbach und endlich, endlich...Maximilianstrasse. Vor dem Kempinski Hotel die dicksten Autos. Und ja doch, auch in München kann ich auffallen. Keiner weiss, wer ich bin. Die da aussieht wie Brigitte Bardot, und der kleine Mann in schwarz, das ist sicher der Leibwächter. Meine Blasen an den Füssen werden schlimmer. Ich bin in Versuchung, zu Louis Vuitton zu gehen, und nach Flipflops zu fragen. Guido findet die Läden mit Türsteher peinlich, und ich verwerfe die Idee dann auch geizig wieder. Erstens haben die jetzt die Winterkollektion da, zweitens werde ich die paar Meter schon überleben. Wir shooten Fotos vor Gucci, ich halte die Tasche genauso wie die Schaufensterpuppe. Dann geht's weiter zum Marienplatz.

Dort ist die Hölle los. Polizei, Menschen, Polizei in Zivil, Bundeswehr, Agenten, Menschen. Wir wundern uns, was das soll, und gucken, ob jemand spricht, den man kennen müsste. AfD-Versammlung. Es ist der Freitag vor den Wahlen. Mir ist das zu voll, die Polizisten gucken mich auch immer so komisch an, weil ich die riesige Tasche dabeihabe und keiner weiss, ob ich nicht eine Bombe hochgehen lassen will.

„Komm, wir hauen ab", meint Guido. Gute Idee. Leider ist jetzt unsere S-Bahn Station abgesperrt. „Frau Merkel kommt um 19.00 Uhr", hören wir jemanden sagen. Es ist jetzt zehn vor sieben. Okay, die nehmen wir auch noch mit. Ob sie pünktlich ist?

Und dann ist sie da. Mit Gefolge, und Seehofer ist auch noch mit dabei. Madame in pink. Passt zu meinen Schuhen. Ich erhasche ein Foto, und dann hauen wir wirklich ab. Die Menge wird aggressiv, Frau Merkel wird ausgebuht. Ich krieg jetzt richtig Panik, presse meine Tasche an mich und hoffe, dass ich Guido nicht verliere. Wir müssen zur nächsten S-Bahn Station laufen.

Hinken, besser gesagt. Vorher müssen wir noch Bier kaufen. Im Einkaufszentrum schaue ich mich nochmals nach FlipFlops um. Nichts zu machen, Winterkollektion.

„Wenn wir die S-Bahn verpassen, und das werden wir, weil Du nicht laufen kannst, dann machen wir das Bier eben am Bahnsteig auf"

„Aber das ist doch noch warm", meine ich.

„Wurscht", meint er.

Wir hinken zum Bahnsteig und öffnen die Biere. Macht hier jeder. Ist gar nicht assimässig. Als die S-Bahn kommt, habe ich noch einen Schluck in der Flasche.

„Soll ich das nicht austrinken? Das gibt doch Pfand?

„Das Pfand spenden wir den richtigen Pennern", meint Guido.

Als wir endlich „zu Hause" sind, Catherine schläft auf dem Sofa, begutachte ich meine Füsse. Ach Du meine Fresse. Vorne links ist eine Monsterblase, der Rest sieht auch nicht besser aus. Ich muss eine Nadel ausglühen und die aufpieken und desinfizieren. Ich glaube, der Grundwasserspiegel in München ist an jenem Abend angestiegen. Ich bin müde, aber Guido lässt mich nicht schlafen.

„Ich muss verhindern, dass Du morgen wieder um 7.00 Uhr rumspringst."

Ich dusche und wasche mir endlich mal die Haare. Danach trinken wir weiter Bier, testen die Alkoholtester und sitzen vor dem Computer. Wir singen *Hotel California* und ich zeige ihm das Video mit Alain, in dem er *Heartbreak Hotel* auf Französisch singt. „Der ist cool, mit dem kannste weiter fi****", meint Guido völlig emotionslos und frei von Eifersucht.

„Ach, das ist wohl vorbei" meine ich. Wir könnten ihm aber eine Karte schreiben. Ich hatte in der Stadt stinketeure Karten gekauft. Für Herrn Bellini natürlich die mit einem Dekollete mit Riesenmöpsen drauf.

„Ich weiss nicht, was ich schreiben soll", meine ich und weiss es wirklich nicht. „Wir können ja was malen".

Mittlerweile wacht Catherine auf. Sie reibt sich die Augen und verkündet freudestrahlend, dass sie ihren Traummann gesprochen hatte und morgen mit ihm verabredet sei. Wahnsinn.

Guido zückt seinen Zeichenstift und malt einen Bierkrug, dann a Brezn, dann die bayrische Flagge und schlussendlich die Dächer des Olympia-Stadions. Ich schiesse ein Beweisphoto, danach schreibe ich *Coucou* und unterschreibe. Irgendwann hole ich noch die Rotweinflasche aus Frankreich aus dem Auto, die killen wir auch noch. Wir lästern über Janet Dick, das Pferd, und irgendwann ist Schlafenszeit. Über die Vorgänge in der Klinik dürfen wir leider nicht sprechen.

Am nächsten Morgen springe ich nicht um 7.00 Uhr durch die Gegend, sondern um 7.30 Uhr. Hat ja viel genützt. Mein Kopf ist wesentlich klarer als am Vortag. Die Sonne scheint, und Guido und ich beschliessen, an die Isar zu fahren. Nach dem Grünteefrühstück und Käsebrötchen, versteht sich. Catherine ist schon gestylt für das Treffen mit ihrem Torwart.

Abbildung 9. Karte an Alain aus München

Das muss man sich mal vorstellen. Catherine ist klein und zierlich und der Riese von Torwart. Er sei ihr gegönnt. Und ich muss mich von Alain ablenken.

Normalerweise fahre ich nicht gern durch fremde Großstädte und schon gar nicht mit Beifahrer. Für den Isarstrand benötigen wir aber ein Auto. Guido hat nur so einen kleinen Smart, das Wetter ist schön, und ich beschliesse: wir fahren Cabrio.

Es ist überhaupt kein Problem. Guido hängt auf dem Beifahrersitz wie ein Fahrlehrer. Wenn er nichts sagt, geradeaus, ansonsten wird angesagt. Münchens Strassen sind leer. Alle sind entweder verkatert oder schon wieder auf der Wiesn. Wir nehmen die Autobahn, den Südring meine ich, und geniessen die Fahrt. Lästern über SUV-Fahrer. Bis wir daraufkommen, warum man SUV fährt. Da ist ein KELLER schon dabei. Und zum Lachen muss man ja in den Keller gehen, das haben wir ja bei Frau Lasa gelernt.

Wir parken den SLK irgendwo im Gebüsch, und dann muss man paradoxerweise erst den Berg hochlaufen, um an die Isar zu gelangen. Und dann: wie am Rhein. Genauso schöne Steine, eine schöne Brücke, der Himmel strahlend blau, die Bäume bekommen hier auch schon den ersten herbstlichen Gelbton. Nur hat es keine Nackten und auch keine Buschwi**ser. Wir hatten am Vorabend tatsächlich noch gesuchelt, ob die Domäne www.buschwi**sen.de schon vergeben ist. War sie nicht. Im Englischen Garten hätte es im Sommer ab und zu welche, meint Guido. Meine Füsse, diesmal in Sandalen, tauche ich in das eiskalte Isarwasser. Herrlich. Dann beginnen wir zu malen. Guido malt einen Stein, den er Angela-Merkel-Wahlkampffisch nennt, und noch eine Riesenkrake. Das ist jetzt ein Insiderwitz. Dann male ich einen Tannenbaum, und schreibe drauf: Schwarzwald, 390 Kilometer. Guido malt: Mond: 384.000 Kilometer. Ich male ein Madl mit Dirndl, schreibe: Wiesn: 12 Kilometer. Dann noch: Nordpol 5.000 Kilometer mit Schneemann. Dirndlmadl, Merkelfisch und Riesenkrake sacke ich ein. Die nehme ich mit. Dann wird es auch Zeit zum Aufbruch. Wir wollen vor Einbruch der Dunkelheit zurück sein. In einem Café hauen wir noch ein grosses Stück Torte rein, dann sehe ich einen Laden und will Kippen kaufen gehen. Interessanterweise gibt es auch noch eine Post in dem Laden, und ich gebe die schöne Designerkarte für Alain auf. Am liebsten hätte ich ja noch vermerkt, dass die Karte selbst gemalt ist.

„Das kapiert der mit seinem Rockstar-IQ von 30 sowieso nicht", meinte Guido boshaft, und ich freue mich auch boshaft. Der Franzose ist mir zu doof, sagte Marie, als sie nicht drankam.

184

„Fahrt mir aber nicht wieder so einen Schei* zusammen. Fahrt über Bregenz", meint er zum Abschied. „Warte, ich war doch vor zehn Tagen in Zürich. Ich mache die Pickl nie richtig fest, der müsste heute noch gelten"

Abbildung 10. Steine an der Isar

Guido klebt mir die österreichische Vignette ans Auto. Jetzt nur noch auf Catherine warten. Hoffentlich kommt die bald. Ich könnte noch eine rauchen. Ich stelle mich mal unten hin, als plötzlich ein roter Audi Kombi um die Ecke biegt. Heraus steigen, ich fasse es nicht, Catherine und Manuel. Er schüttelt uns höflich die Pfote, stellt sich unnötigerweise vor. Als er Catherin ein Abschiedsküsschen gibt, schauen wir diskret zur Seite. Dann ist Manuel auch schon wieder weg.

„Schön, dass Ihr da wart, das mit der Stelle in der Klinik überlege ich mir noch. Irgendwie ist da doch der ganze Abiladen vertreten", meint Guido zum Abschied. Auf Janet Dick hab´ich echt keinen Bock".

„Die ist nicht mehr da. Die hat…äh…gekündigt."

Dann springen wir ins Auto und fahren los. Ich muss alles über Catherine und Manuel erfahren.

Das rosa Jäckchen habe ich Guido selbstverständlich zurückgebracht. Wir fahren gegen 14.30 Uhr los, die Autobahn ist leer. Alle auf der Wiesn. Wunderbares Wetter.

„So, jetzt erzähl mal, was war jetzt mit Manuel?"

„Ach, ich hab beim Fußball zugeschaut am Samstag, und als die fertig waren hab ich gewartet, bis alle geduscht hatten. Als er rauskam, hab ich nach einen Autogramm gefragt, und er hat gefragt, ob ich mit was trinken komme, das war alles."

„Das war alles?"

„Naja, nicht ganz", meint sie verträumt.

„Aber seien wir mal realistisch: er ist in München, und wir hocken am Rhein in unserer Klinik fest. Aber er wird mich mal besuchen kommen. Und seine Handynummer habe ich auch."

Wahnsinn. Die Handynummer von Manuel. Ich bin ein bisschen neidisch, gleichzeitig gönne ich ihn ihr von ganzem Herzen.

Wir tanken in Landsberg am Lech und nehmen die Route über Bregenz. Vor dem Pfändertunnel hatte ich Respekt, aber da ist auch nichts los. Der Bodensee glitzert in der Sonne und an der Grenze Österreich-Schweiz der übliche Einkaufstourismus. Trotz Stau im Zürcher Nordring und einer Pause mit phantastischem Blick auf den Bodensee sind wir in viereinhalb Stunden zu Hause.

Die Nachbarn haben mich wieder!

29. Nachbarn, Teil 2

Anfang Oktober findet bei mir immer die Eigentümerversammlung statt. Die Schlendrian ist mittlerweile ausgezogen, weil ich ihr zu laut war. Jetzt habe ich wenigstens Frieden. Dieser währt nicht lange. Ich habe mittlerweile meine Pflanzen vom Balkon mit Hilfe von Herrn Lutz und Herrn Thoop in die Laube vor der Haustüre gestellt. Welche da sind: ein Olivenbaum, ein Oleander, eine Aloe Vera, eine Agave. Ausserdem gibt es noch ein Regal, auf dem ein paar Laufschuhe stehen, ein paar Gläser Bitterorangenmarmelade, und etwas Herbstdekoration.

Ich bin nicht sonderlich gut drauf, da ich mit der Doktor-Arbeit unter Druck bin und dem blöden Alain Bellini hinterherheule. Allerdings toppt diese Versammlung alles. Ich bin ja schon mal gar nicht hingegangen, weil es sonst sowieso eskaliert wäre. Habe die Japanerin als Vertretung entsandt. Und das Ergebnis:

Die Schuhmacher hat zu viel Pflanzen im Gang. Das versperrt die den Fluchtweg (Stimmt gar nicht, die Pflanzen sind unter der Treppe). Ausserdem sieht es asozial bei ihr aus: die Laufschuhe, die Marmeladengläser...Dies kam von dem Eigentümer der Wohnung von der Schlendrian. Auch so ein Ar***. Desweiteren wurde beschlossen, dass die berühmte Wäschespinne weg muss. Die Hausgemeinsschaft wird eine neue besorgen. Ich sei berechtigt, die meinige in meinem Garten aufzubauen. Herr Kobold würde eine neue besorgen. Kobold, Lasa und das Ar*** von oben haben stundenlang über mich hergezogen. Vor allem, Psychologen haben doch eh alle einen an der Klatsche.

Ich tobe, als ich das alles höre. Ich halte das nicht mehr aus. Ich habe keine Ahnung was ich machen soll. Den Olivenbaum kann ich nicht alleine schleppen. Ich brauch einen starken Mann. Bellini muss her. Ich nehme allen Mut zusammen und rufe ihn an.

„Tu peux m'aider un peu dans le ménage? Il y a un problème avec les voisins"

Er verspricht mir, am nächsten Samstag vorbeizukommen. Und er solle bitte mit dem Lotus oder der Cobra kommen. Irgendwas, was auffällt und viel Krach macht. Ja, und zu essen gibt es natürlich auch was.

Am Samstagmorgen springe ich um 7.00 Uhr aus dem Bett. Ich bin aufgeregt. Was wird passieren? Er wolle so gegen 13.00 Uhr kommen. Was ziehe ich an? Erst mal duschen, sorgfältig schminken, schwarze Unterwäsche, Camouflage-Hose. Wir wollen ja arbeiten. Ich mach mal einen Salat. Um 13.15 linse ich aufgeregt den Balkon herab. Nichts. Ich tigere im Garten rum. Immer diese Franzosen. Unpünktlich bis zum Abwinken. Doch dann erscheint: das grün-gelbe Gefährt.

„Salut"

Bussi, Bussi auf dem Parkplatz. Lasa glotzt aus dem Küchenfenster. Was sonst. Alain singt sich die Treppe hinauf und fragt, was man machen muss. Gemeinsam hieven wir das schwere Dings von Olivenbaum auf den Balkon. Geschafft. Wir rauchen noch eine, und dann muss er auch schon wieder weg. Heh, und mein Salat? Er mag aber mal wieder zum Essen kommen, meint er. Wir machen hierfür den nächsten Samstagnachmittag aus.

Als ich die Treppe wieder hochgehe, bin ich traurig. All meine schöne Dekoration. Und was soll ich machen, wenn es im Winter a****kalt wird? Alles erfrieren lassen? Ausserdem sieht der Gang nun nicht mehr assi-mässig aus, sondern nun nach Krankenhaus. Ich könnte heulen. Der Bellini wieder weg, ich ganz alleine. Ich schnappe mir einen schönen Stein vom Rhein und schreibe drauf: *Geriatrie im EG* und lege den Stein auf das kahle Fensterbrett. Dann widme ich mich wieder meiner Doktor-Arbeit.

Irgendwann höre ich Geräusche im Gang. Oh nein, der Idiot von Vermieter rennt wieder durch, mit irgendwelchen potentiellen Nachmietern. Ich verhalte mich still, und irgendwann sind die auch wieder weg. Allerdings ertappe ich am Abend einen Typen, der oben rumschleicht und den Stein fotografiert: Es ist der Sohn der alten Lasa, der hier überhaupt nicht wohnt. Prima, dann ist ja alles angekommen. Somit kann ich den Stein wieder reinnehmen, räume zusätzlich die Fussmatte rein und hänge den Kranz aus Strohblumen ab. Da der Schlendrian Heuschnupfen hat, habe ich auf jedem meiner Spaziergänge Blumen und blühende Baumäste gesammelt und diese kunstvoll in den Kranz eingearbeitet. Ich wusste immer, wenn die Schlendrian Feierabend hatte. Hatschi, machte es im Gang. Mag jetzt alles sehr bösartig klingen, gleichzeitig habe ich mir die ganzen Jahre denen ihr Gemecker angehört und gespurt. Das hat jetzt ein Ende.

Am folgenden Samstag bin ich wieder sehr aufgeregt. Ich begebe mich zum Markt nach Lörrach-Haagen und kaufe bei der netten Metzgerin aus dem Hotzenwald ein grosses Freilandhähnchen vom Dachsberg. Der Bellini wollte gegen 14.00 Uhr kommen, das bedeutet, er kommt kurz vor halb drei. Von dem her reicht es, wenn ich um 13.00 Uhr anfange zu kochen. Ansonsten habe ich die Wohnung schniekepieke geputzt und peinliche Wäscheutensilien versteckt. Das grosse Kochen kann beginnen: Die Hähnchen vom Dachsberg sind so riesig, dass ich dafür das Entenrezept verwenden muss. Ich wasche das Tier sorgfältig, salze es innen und aussen und stopfe ein paar Büschel Rosmarin, Thymian und eine halbe Zitrone hinein. Der Backofen ist auf 180 Grad vorgeheizt, und ich schmeisse das Huhn in den Ofen. Reisse natürlich das Fenster auf. Zwichendrin schreibe ich ein bisschen, ab und zu schaue ich mal nach dem Vogel, giesse etwas Weisswein an, trinke selbst ab und zu ein Schlückchen, mache das Fenster auf und zu, da meine Katze Chili schon alt und zuckerkrank und dazu eine reine Wohnungskatze ist. Sie hat 12 Jahre bei ihrem Herrchen in Freiburg gelebt, dann hatte der ein neues Fahrrad, äh eine neue Freundin, die hatte Katzenhaarallergie (wie die Schlendrian) und dann wurde die arme Katze allein gelassen. Als mein alter Kater überfahren wurde am 18. Juni 2015, hatte die Schlendrian wie üblich mal wieder um 8.00 Uhr morgens an der Türe geklingelt und gefragt: „Isch des Ihri Chatz, wo do an dä Stross liegt?" Völlig emotionslos, kein „Es tut mir leid, nichts. Ich sammelte den armen Kater ein und begrub ihn im Garten. Daraufhin habe ich eine Flasche Sekt gekillt, geheult und mir später ein Taxi gerufen, um ins Ballett zu gehen. Ich vereinbarte damals mit der Ballettlehrerin, dass wir an jenem Tage keine *Pas de Chat* machen würden. Am nächsten Tag befand ich, dass der Tod des Mika, so hiess der Kater, nur einen Sinn haben kann: ein anderes armes Tier möchte ein Zuhause haben. So geriet ich an die reinrassige Orientalisch Kurzhaar Blue namens Chaylin. Eine reine Wohnungskatze und das liebste Tier aller Zeiten. Da meine erste Katze Chica hiess, kam ich immer durcheinander...Chilin, Chaylin, Chili...es blieb dann bei Chili.

Jedenfalls hatte es Chili schon zweimal geschafft, aus dem Küchenfenster auszubüxen. Ich fand sie dann im Garten. Sie weiss den Weg, und man muss verd**** schnell sein, weil die Gute natürlich wieder raus will.

Fenster auf, Fenster zu. Boing, bums. Hähnchen auf, Hähnchen zu. Etwas Musik, aber nicht zu laut. Hatte ich schon erwähnt, dass die Schlendrian mir mal mittags um 17.00 Uhr die Polizei geschickt hatte? Wegen zu lauter Musik? Nein? Dann ist das somit nachgeholt. Plötzlich klopft es an der Türe. Es wird doch nicht schon der Bellini sein? Ich bin noch gar nicht fertig, putze mir die Hände ab und öffne. Draussen stehen:

Herr Kobold, Herr A****gast und noch einer von den Jungen. Über Familie A****gast hatte ich noch nichts erwähnt: Er ist fett, mit Halbglatze, so um die 30, schätze ich. Seine Frau ist hübsch und schwarzhaarig. Beide haben sie zwei Kinder. Bisher gab es noch keine Probleme mit denen, ausser dass er ab und an etwas unhöflich ist. Ich vermute Geldprobleme.

„Sie machen hier nicht mehr so einen Krach", schreit der Kobold.

„Ich habe Nachtschicht", blökt der A****gast.

„Mir doch egal, verschwinden Sie", erwidere ich.

„Das wird noch Folgen haben, Sie blöde Alkoholikerin", schreit der Kobold. „Sie gehören in die Psychiatrie."

„Und Sie in die Rocky Horror Picture Show", schreie ich zurück und knalle denen die Türe vor der Nase zu. Manchmal wundert es mich, wie ich so schlagfertig sein kann. Innerlich bibbere ich wie Espenlaub.

Das Hähnchen ist fertig, der Tisch gedeckt. Danach stürze ich mich heulend in die Arme des Alain Bellini. Und alles ist wie früher…

30. Inferno

Manchmal wundert es mich, wie ich das alles aushalte. Daheim mit den bekloppten Nachbarn, in der Klinik mit den bekloppten Patienten. Meine Mutter hatte mal gesagt, wenn mehr als einer bekloppt sei, dann sei ich die Bekloppte. Also, Selbstreflexion: Klar geht es mir nicht immer gut, klar kann man nicht immer Party machen. Aber das mit der Wohnung muss ich irgendwie lösen. Ich werde mal die Immobilienanzeigen studieren, ich glaube, das geht nicht mehr lange gut. Es gefällt mir nicht mehr, wenn ich heimkomme, der kahle Gang…es gefällt mir auch nicht, dass es jetzt Herbst ist und kalt. Ich weiß auch nicht, wie es mit Alain weitergehen soll. Manchmal ist er so lieb und nett, dann wieder so reserviert. Ich habe noch zehn Minuten Zeit, dann kommt Herr O. zur Therapie. Leider ist der immer noch nicht entlassen. Ich könnte mal im Internet nach Wohnungen fahnden. Es hat massenhaft, aber was für Preise. Will ich eigentlich in Lörrach bleiben? Hält mich hier noch was? Im Ballett bin ich nicht mehr, ins Schwimmbad brauche ich auch nicht mehr zu wollen. Ich könnte auf´s Land ziehen, da ist es erstens billiger, zweitens näher an der Klinik. Dann klopft es an der Tür. Herr O. tritt ein mit nassen Haaren.

„Guten Morgen".

Er antwortet nicht. Es riecht auch so komisch. Hat der etwa getrunken? Schnüffel, Schnüffel. Riecht irgendwie nach …nach Benzin.

„Wieso riechen Sie nach Benzin?" frage ich naiv und blöde.

„Weil ich jetzt hier Schluß mache in diesem Irrenhaus. Das nützt doch alles gar nichts. Sie mit Ihrer blöden Steinmalerei, was soll mir das helfen?"

Er rennt zur Tür heraus und ich hinterher, drücke den Alarmknopf für die Feuerwehr und schreie „Alle raus hier!" und nehme die Beine unter die Arme. Alain guckt aus seinem Büro, und kapiert die Sachlage recht schnell. Gemeinsam rasen wir durch die Gänge, reissen alle Türen auf , welche noch nicht auf sind und rennen nach draussen in Richtung Rhein. Die Türen der geschlossenen Abteilung öffnen sich bei Feueralarm von alleine. So werden mal wieder ein paar Triebtäter und Buschwichser auf freien Fuß gesetzt. Als wir weit genug weg sind, hören wir schon die Feuerwehr und dann einen ohrenbetäubenden Knall, und dann noch einen, und noch einen. Die Klinik geht in Flammen auf. Alain und ich sitzen fassungslos auf einem Stein und schauen mit offenem Mund zu. Andere Patienten gesellen sich dazu. Catherine ist wieder in München, zum Glück.

Die Feuerwehr tut, was sie kann, aber es ist nichts mehr zu retten. Die Klinik ist bis auf den letzten Pfeiler abgebrannt. Feuerwehr und Krankenwagen transportieren die Patienten in eine Klinik nach Bad Säckingen, zwei von den schweren Fällen von Buschwichsern konnten eingefangen und nach Emmendingen transportiert werden. Der unvermeidliche Mainzelmann leitet wie immer die Ermittlungen. Eigentlich muss ja nichts ermittelt werden. Andreas O. wurde mit schweren Verbrennungen ins Krankenhaus gebracht, ein Polizist wacht vor der Türe. Ich habe gehört, dass seine schrecklichen langen Haare komplett verbrannt sind. Wenigstens etwas, denke ich böse.

Ich übernachte diese Nacht bei Alain in Bartenheim und wir überlegen, was wir jetzt machen werden.

31. Ich habe viel über das Leben gelernt, aber das Wertvollste war: es geht weiter (Brigitte Bardot)

Und nun folgt der ultimative Fahrradtest, basierend auf fünf Faktoren, den sogenannten Big Five. Selbstverständlich habe ich eine Faktorenanalyse in SPSS laufen lassen und die Versuchspersonen verdeckt im Feld beobachtet und getestet. Sämtliche ethische Grundlagen wurden berücksichtigt, die Umfrage war anonym, die Namen geändert, und die Versuchspersonen werden nach Veröffentlichung des Buches über die Absicht *(goal)* der Studie informiert werden. Fremdprachliche Fahrräder erhalten eine mündliche Erklärung nach bestem Wissen und Gewissen, deutsch-sprachige Fahrräder werden eingeladen, zu meinem schmalen Budget beizutragen und sich das Buch zu kaufen. Ich kann ja nicht immer gratis arbeiten. Einverständniserklärung konnte ich bei Feldbeobachtungen leider nicht einholen, sonst wär ich ja aufgeflogen.

FACE-S (2017, Lista M., S.)

Stärke	*Force*
Aufmerksamkeit	*Attention*
Höflichkeit	*Courtesy*
Sensibilität	*Esthesia*
Sexappeal	*Sexappeal*

Likert Skala 1-5 (trifft gar nicht zu 1, trifft voll zu 5)

Item 1: Findest Du auf den ersten Blick, dass er gut aussieht? (S)

Item 2: Musste er Dich erst überreden, dass Du ihn gut finden solltest? (invertiert rechnen) (S)

Item3: Macht er Dir Komplimente? (A)

Item 4: Kannst Du mit ihm lachen? (S)

Item 5: Fühlst Du Dich wie eine Göttin, wenn Du bei ihm warst(bist)? (S)

Item 6: Inspiriert er Dich zu künstlerischen Dingen (Malen, Schreiben, Singen) (S)

Item 7: Musst Du mehr trinken oder Substanzen verwenden, wenn Du bei ihm warst (invertiert) (E)

Item 8: Hat er andere Fahrräder neben Dir? (invertiert) (E)

Item 9: Fährt er BMW (invertiert) (A)

Item 10: Fühlst Du Dich wohl, wenn er da ist (A)

Item 11: Kannst Du an nichts anderes denken als an ihn? (S)

Item 12: Falls er andere Fahrräder neben Dir hat, behandelt er Dich trotzdem höflich und zuvorkommend? (A)

Item 13: Kannst Du von ihm lernen (was auch immer) (F)

Item 14: Leidest Du fürchterlich unter der Vorstellung, ihn nicht mehr anfassen zu dürfen. (S)

Item 15: Baggert er andereFahrräder vor Deinen Augen an? (invertiert) (S)

Item 16: Fährt er mit anderen Fahrrasd, wenn Du dabei bist? (S)

Item 17: Hat er ein Problem mit seiner Mutter (redundantes Item, hat ja jeder)

Item 18: Verteidigt er Dich gegen andere Fahrräder? (F)

Item 19: Ist er für Dich da, wenn es Dir schlecht geht? (F)

Dieses Item bitte 10-fach gewichten!

Cut-off bei: <u>Ich muss hier weg, und zwar schnell!!!</u>

Epilog

Spechbach-le-Bas (deutsch *Niederspech-bach*, elsässisch *Neederspachbi*) ist eine ehemalige französische Gemeinde im Département Haut-Rhin in der ehemaligen Region Elsass. Sie gehörte zum Arrondissement Altkirch, zum Kanton Altkirch und zum 1994 gegründeten Gemeindeverband Secteur d'Illfurth.

Mit Wirkung vom 1. Januar 2016 fusionierte die Gemeinde mit der Nachbargemeinde Spechbach-le-Haut zur neuen Gemeinde Spechbach (Haut-Rhin). Die Café-Bar „*Chez Brigitte*" liegt an der Durchgangsstrasse *Rue du Thann*. Das Haus ist ein altes Sundgauer Fachwerkhaus mit Holzbalken im Gemäuer.

Es ist 7.00 Uhr morgens, die Sonne strahlt an diesem schönen Apriltag 2018 und es werden fast 30 Grad erwartet. Um 8.00 Uhr werden die ersten Gäste zum Frühstück erscheinen. Alain schläft in der Wohnung obendran den Schlaf der gerechten Franzosen, ist ja auch bis nachts um 3.00 Uhr hinter der Bar gewesen. Ich habe meine Doktorarbeit fertig geschrieben und den Fahrradtest entwickelt und validiert. Allerdings bin ich jetzt Barbesitzerin (zusammen mit

Alain), wobei man ja dazu sagen muss, dass Barkeeper eh die besseren Psychologen sind. Meine bescheuerte Wohnung habe ich für 175.000 Euro an ein Italiener-Ehepaar mit kleiner Tochter verkauft. Jetzt haben die Nachbarn aber Leben in der Bude. Viel Spass bei der Nachtschicht…

Alain Bellini und ich haben am 31.12.2017 geheiratet. Ich heisse jetzt Marie Bellini. Das Haus gehört uns beiden.

Und wenn das Frühstück dann abgeräumt ist, und Alain sich mit einem *Café au lait* und einer Zigarette zu mir gesellt, werde ich ihm erzählen, dass ich die nächsten neun Monate nicht mehr rauchen darf. Mal sehen, was er dazu meint.

Catherine ist in München geblieben. Sie ist jetzt mit Manuel zusammen und sein persönlicher Coach. Wenn ich sie nicht am Telefon spreche, sehe ich sie oft in den Klatschblättchen, die immer beim Friseur herumliegen. Zur Hochzeit im Mai sind Alain und ich eingeladen und wir fahren nach München ins Kempinski Hotel. Guido wird auch kommen.

Andreas O. befindet sich in der geschlossenen psychiatrischen Abteilung der JVA, wo ihn ab und zu die Made besucht, die ebenfalls noch ein paar Jährchen einsitzen darf. Man munkelt, dass sie eine Knast-Liaison haben.

Janet Dick wurde in Indien von einer Krait erwischt.

Il ne faut pas craindre, il faut comprendre (Marie Curie)

Literatur

Amthauer, R., Brocke, B., Liepmann, D. &
Beauducel A. (2001). *I-S-T 2000 R Intel-
ligenz-Struktur-Test 2000 R.* Göttingen:
Hogrefe.

Benton Aivan, A., Spreen. O. (2009). Der
Benton Test. Bern: Huber

Blech, C. (2015). *Klumpeffekte.*Karlsruhe,
Deutschland: Der Kleine Buchverlag

Brickenkamp, R., Schmidt-Atzert, L. &
Liepmann D. (2002). *Test d2 Auf-
merksamkeits-Belastungs-Test.* Göttingen: Hogrefe

Ela M. (1998). 1x1 für Klassefrauen. Augs-
burg, Deutschland: Weltbild

Eulero, L. (1748). *Introductio in analysin
infinitorum, Band 1.* Lausanne, Schweiz:
MarcusMichaelis Bousquet und socii.

Franke, G. H. (2002).*SCL-90-S - Symptom-
Checklist 90-Standard.* Göttingen:
Hogrefe

Folkerts, H., Schonauer, K. & Tölle, R.
(1999). *Dimensionen der Psychiatrie.*
Stuttgart, Deutschland: Thieme

Fydrich T., Renneberg B., Schmitz B. &
Wittchen H.-U. (1997). *Strukturiertes
Klinisches Interview für DSM-IV.*
Göttingen: Hogrefe

Ganter, K. (2017). *Die heimlichen Herrscher*. Badische Zeitung, Deutschland: Lörrach

Hautzinger, M., Bailer, M., Worall, H. & Keller, F. (1995). *BDI Beck-Depressions-Inventar Testhandbuch 2.*, Bern: Huber.

Helmstaedter, C., Lendt, M., Lux, S. (2001). *Verbaler Lern- und Merkfähigkeitstest*. Göttingen: Beltz Test.

Heydasch, T. & Renner K.-H. (2015). *Persönlichkeitskonstrukte und Persönlichkeits- messung, Kurs 3419, Modul7*. Hagen: Fernuniversität in Hagen

Horowitz, L. M., Strauß, B. & Kordy, H. (2000). *Inventar zur Erfassung Interpersonaler Probleme: Deutsche Version*. Göttingen: Beltz Test

Koehnlein, Frank (2013). *Vollopfer*. Gockhausen, Deutschland: Wörterseh

Koehnlein, Frank (2015). *Kreisverkehr*. Gockhausen, Deutschland: Wörterseh

Koheil, S. (2009). *365 Weisheiten für Powerfrauen*. Münster, Deutschland: Coppenrath

Laux, L., Glanzmann, P., Schaffner P.& Spielberger C.D. (1981). *State-Trait Angst Inventar*. Göttingen: Beltz Test

Lehrl, S. (2005). *Mehrfachwahl-Wortschatz Intelligenztest MWT-B*. Balingen: Spitta

Markgraf, J. & Ehlers A. (2007). *Beck Angst Inventar*. München:Pearson

Metcalfe, J. & Kornell, N. (2007). Principles of cognitive sciences in education: The effects of generation, errors, and feedback. *Psychonomic Bulletin & Review, 14,* 225-229

Neuwirth, W., Benesch, M. (1986) *Manual Determinationstest*. Mödling: Schuhfried

Sánchez, J.C., Echeverri, L.F., Londoño, M.J., Ochoa, S.A., Quiroz, A.F., Romero, C.R. & Ruiz, J.O. (2016). Effects of a Humor Therapy Program on Stress Level in Pediatric Inpatients. *Hospital Pediatrics, Volume 7, Issue 1*

Sander, C. (Internetfrauenberater)

Schretlen, D.J. (2011). *M-WCST Modified Wisconsin Card Sorting Test*. Lutz